鬼の花嫁　新婚編三

～　たあやかしの本能～

レハ

STARTS
スターツ出版株式会社

目次

鬼の花嫁　新婚編三
～消えたあやかしの本能～

プロローグ

多くの国を巻き込んだ世界大戦が起き、その戦争は各国に甚大《じんだい》な被害と悲しみを生み出した。

それは日本も例外ではなく、大きな被害を受けた。

復興には多大な時間と労力が必要とされると誰もが絶望の中にいながらも、ようやく終わった戦争に安堵《あんど》もしていた。

けれど、変わってしまった町の惨状を見ては悲しみに暮れる。

そんな日本を救ったのが、それまで人に紛れ陰の中で生きてきたあやかしたち。

陰から陽のもとへ出てきた彼らは、人間を魅了する美しい容姿と、人間ならざる能力を以《もっ》て、戦後の日本の復興に大きな力となった。

そして現代、あやかしたちは政治、経済、芸能と、ありとあらゆる分野でその能力を発揮してその地位を確立した。

そんなあやかしたちは時に人間の中から花嫁を選ぶ。

見目麗しく地位も高い彼らに選ばれるのは、人間たちにとっても、とても栄誉なことだった。

あやかしにとっても花嫁は唯一無二の存在。

本能がその者を選ぶ。

そんな花嫁は真綿で包むように、それはそれは大事に愛されることから、人間の女性が一度はなりたいと夢を見る。

しかし、もしもあやかしから花嫁への本能がなくなってしまったなら、どうなるのだろうか。

それでもなお、あやかしは花嫁を選ぶのか。

あるいは、それまで愛した感情すらなかったものとなってしまうのだろうか。

その時、花嫁は喜ぶ？　悲しむ？　怒る？

果たしてふたりの関係はどう変わるのだろう。

一章

「……ここ、どこ？」

先ほどまで屋敷で寝ていたはずなのに、目を開けると、柚子《ゆず》は真っ暗な場所で立ち尽くしていた。

空にはまん丸に光る満月が見えることから、今いる場所が外であると察せられる。

やけに足もとが冷たいなと視線を下に向けたら、靴は履いておらず裸足だった。

着ている服もパジャマのまま。寝ていた時の格好でいる。

「え……、どういうこと？」

夢かと思ったが、足の裏から伝わってくる土や小石の感触が現実だと教えてくれる。

もし夢だとしたら、とんでもなくリアルだ。

「え？　え……？」

柚子は訳が分からず混乱するばかり。

「玲夜《れいや》ー！」

助けを求めるように最愛の人の名前を呼ぶが、姿どころか返事もない。ただひとり、柚子だけがぽつんと残されていた。

「誰もいない……」

周囲を見渡しても真っ暗でよく見えず、灯りも人の気配もない。

寝ぼけて庭に出てきてしまったのかとも思ったが、屋敷の敷地内だったら暗くても分かりそうなものだ。

それに、周囲に響き渡るほどに叫んだのだから、玲夜でなくとも屋敷の誰かが飛んでくるだろうに、その様子もない。

ここはいったいどこなのだろうか。

心細さと恐怖心が柚子を襲う。

誰でもいいからいないのか。

立ち尽くす柚子は、ここで誰かが来るのを待つべきか移動すべきか迷った。

どこかも判断できずにむやみに動き回るのは危険ではないかと迷うが、このままじっとしていても変わらないと、意を決して足を踏み出した。その時……。

「アオーン」

聞き慣れた特徴のある鳴き声に、柚子ははっとする。周囲に目をこらすと、ぽつんと佇《たたず》むまろの姿を見つける。

黒猫だというのに、なぜかこの暗闇の中でもしっかりと認識できた。まるでまろ自身が光を発しているかのように、闇に溶けることなく存在を主張している。

「まろ」

見知った存在が現れ、わずかに安堵した柚子は、まろに近付こうとする。しかし、まろは柚子に背を向けて走りだしてしまう。

「あっ！」

柚子は慌ててまろを追いかける。靴を履いていないために足の裏が少々痛んだが、気にしている場合ではなかった。

まろは柚子が追いかけてくるのを待つように、時々後ろを振り返り柚子が来ているのを確認しながら走っていく。

その様子はまるで誘導しているかのよう。置いていかれることはなさそうだと感じた柚子は、少し心の余裕が出てきた。

そして気付く。この場に流れる清浄な空気に。

これは何度か経験した覚えのある感覚だ。

撫子《なでしこ》の屋敷と、一龍斎《いちりゅうさい》の元屋敷で流れていた空気感。

汚れたものが排除されたような神聖な雰囲気。

「もしかして、ここって一龍斎の元屋敷？」

柚子が撫子の屋敷ではなく一龍斎の元屋敷と思ったのはただの勘だ。

言葉では伝えられないふたつの屋敷に流れる空気の違いを、柚子はなんとなく分かるようになっていた。

社に参るために、幾度となく一龍斎の元屋敷に来ていたからかもしれない。

まろを必死に追いかけていると、柚子も見覚えのある場所まで来た。

そこは社へと続く道のりだ。

柚子の中にあった不確かなものが確信へと変わる。

「やっぱりここ、お社のある場所……」

見知らぬ場所ではなかったと少し安心したものの、なぜ自分はここにいるのか疑問が浮かぶ。

いくら寝ぼけて来てしまったとしても限度があるだろう。

寝る時は玲夜が隣にいるし、屋敷を出るまでに誰かに気付かれて止められるはず。

玲夜の屋敷からここまでそれなりの距離があるというのに、誰にも気付かれなかったというのか。

道を示すようにザアッと草木が避け、社までの道が作られる。

「アオーン」

まろは柚子を見上げ、その道を先導するように歩く。

柚子がなかなか一歩を踏み出せずにいると、まろが再び「アオーン」と鳴いて促す。

その声に後押しされ、柚子は歩きだした。

社があることを示す鳥居までたどり着くと、みるくがいた。

「にゃーん」

柚子の足にスリスリと甘えるように体を擦りつけるみるく。

足を止めてみるくの頭を撫《な》でると、横から少し強めの声でまろが「アオーン」と鳴いた。

叱られたようにびくっとするみるくは、慌ててまろのそばまで走った。そして、二匹は柚子を見つめてから社の方へと視線を移す。

つられて柚子も社の方を向けば、社が淡く光っている。

目の錯覚かと思ったが、どうやら違う。

驚くというより唖然《あぜん》とする柚子にその声は聞こえてきた。

『おいで……』

「えっ？」

『こちらへ……』

社から聞こえてくる不思議な呼びかけに柚子は意識が外せなくなり、誘われるようにふらふらと社へ足が向いた。

社の前までたどり着くと、社が満月の光を浴びて神秘的に光っている。

その姿は本家にあったサクが眠る桜を連想させた。今はもう普通の桜になってしまったけれど。

そんなことを考えていると、柚子の目の前をピンク色の花びらがヒラヒラと横切ったのだ。

はっとして見回せば、社の周囲にあった木々が一面の桜に覆い尽くされていた。風が吹くたびにざあっと木々が擦れる音とともに桜の花びらが舞う。まるで柚子の訪れを歓迎するかのようにヒラヒラと。

「綺麗《きれい》……」

今の状況も忘れて桜に魅入られていると、再び社から声がした。

『ゆず……』

驚くのも疲れてきた柚子が桜から社へ目を向ければ、一層強く吹いた風により桜の花びらが舞い、社の前に集まっていく。

まるで桜の化身と見まごうように、集まった桜が人の形を取っていった。

ふわりとその場に現れたのは、絹糸のような白く長い髪の美しい男性だ。

月の光が彼の髪に当たり、キラキラと輝いている。それだけでも幻想的なのに、彼の容姿もまた、玲夜に負けないぐらい精巧で、綺麗な顔をしていた。

柚子はこれまで玲夜を超える美しい人に出会ったことがなかったので、声もなく凝視してしまう。

『私の神子《みこ》』

男性は柚子を見ながらそう口にすると、ニコリと微笑《ほほえ》んだ。

その破壊力たるや、玲夜を見慣れた柚子ですら思わず頬《ほほ》を染めてしまうほどだった。

動かない柚子に向け、彼はもう一度告げる。

『私の神子』

我に返った柚子は、困惑したような顔になる。

「神子って、私のことですか？」

問わずともこの場には柚子以外に人はいないのだが、『私の神子』などと他人に呼ばれる覚えはなかった。けれど……。

『そうだよ。私の神子』

柔らかな表情で告げる男性の言葉に迷いは感じられない。

「私は神子じゃないです。確かに神子の素質はあるって龍からは言われているけれど、なにもできないので……」

そう、時々他の人には見えない姿が見え、聞こえない声が聞こえたりするだけだ。

『いいや。そなたは私の神子だよ』

考えを変えない男性に、柚子はそもそも誰なのかと疑問をぶつける。

「あなたは誰ですか？」

『私は神。人とあやかしをつなぐ神だよ、私の神子』

「神、様……？」

柚子は『私の神子』と呼ばれたことよりも驚き、目を大きくする。

『その昔、人とあやかしが崇《あが》めていた神が私だ。私の愛しいサクが神子として仕えてくれていたが、サクは一龍斎の欲により命を落としてしまった。サクがいなくなり休眠状態を取った私は、柚子が足しげく通い参ってくれたおかげで目を覚ました』

「えっ、えぇ？」

混乱状態に陥っている柚子は頭の整理が追いつかない。

まろにみるく、龍のような霊獣という不可思議な存在を目の当たりにしている柚子は、多少の不可思議な出来事には免疫があると思っていたが、今回は度がすぎている。

人とあやかしの神が目の前に現れるなんて、予想だにしていない。

「ほんとに神様……？」

柚子はいまだ信じられない様子でまじまじと、自分を神だと告げる男性を見る。

疑いの眼差しを向ける柚子の問いかけに対して、神は気分を害することもなく頷《うなず》いた。

『そうだ。眠りにつく中でも聞こえていたよ。柚子が来てくれた声が。だから私は柚子に会うためにこうして目覚めたんだ』

神は『ありがとう、柚子』と破顔一笑した。

柚子はただ龍に言われるままに社へ参っただけで、なにかをしたつもりはない。お礼を言われても逆に困ってしまう。

「本当に神様って信じていいんですか？」

まだ疑いの心が残る柚子はそう問うてしまう。

いいかげん怒られるかもと思ったが、神はクスクスと楽しそうに笑い声をあげた。

なにがそんなにおもしろいのだろうか。

『柚子は疑い深いな。まあ、信じやすいよりはマシか。サクは人の悪意には鈍感だったから。だからこそ悲しい結末を迎えてしまって……』

その瞬間、空気が変わる。そして神の目つきも鋭くなった。

『一龍斎……。私の神子を不幸に貶《おとし》めた一族。奴らだけはその血が絶えるまで許しはせぬ』

怒った時の玲夜よりも強い威圧感に、柚子の顔が強張る。

すると、窘《たしな》めるようにまろが鳴いた。

「アオーン」

そうすれば神は再び柔らかな表情に戻り、同時に圧迫感も消えてなくなった。

ほっとする柚子に、神は『すまない』と謝る。

「いえ、大丈夫です」

おかげで目の前の人物が普通の人でないと分かった。

神かどうかはさておき、彼から発せられる圧倒的な畏怖は、玲夜に対してさえ覚えのないものだ。神であると真実味が増したのは間違いない。

「撫子様がここにいたらどうなっていたかな」

この本社を見つけるや、高価な着物に土がつくのもかまわずにその場に平伏したほどだ。本物の神が顕現《けんげん》したとなれば、取り乱すほど打ち震えるかもしれない。

「あの、あなたが目覚めたと他の人にも話していいですか？　教えたい人がいるんですが」

『狐雪《こせつ》家の当主だな』

「知ってるんですか？」

『休眠状態にあったとはいえ、外のことはこの子たちを通して知っている』

神は身をかがめ、近くに寄っていたまろとみるくの頭を撫でる。

『霊獣であるこの子たちは、私の眷属《けんぞく》でもある』

「眷属？」

『まあ、簡単に言うと、私のお使いをしてくれる子たちだ』

「なるほど」

だから柚子がここへ参りに来ると、必ず姿を見せていたのか。神が目覚めるのを待っていたのかもしれない。

『この子たちのおかげで、外の状況はある程度把握している。一龍斎が落ちぶれたことも、これまで柚子の身の回りで起きた出来事も』

「そうなんですか」

『一龍斎へは鬼と狐《きつね》が制裁を与えたと知って胸がすく思いだったよ。最近の人間の言葉ではこう言うのだったか？　〝ざまあ〟って』

「あ、はは……」

まさか神からそんな言葉が出てくると思わなかった柚子は苦笑いをする。

『話を戻そうか。狐雪家の当主に私のことを話していいのかだったか。別にかまわない。狐雪家には分霊した社を与えていたし、ちゃんと管理されているようだ。私も当代に会ってみたい』

「喜ばれると思います」

それはもうきっと大変な騒ぎになりそうだ。

「質問ですが、あなたが私をここへ連れてきたんですか？」

そもそもの疑問だ。

自分の足で来た覚えがないのだから、目の前の御仁に連れてこられたと思うのが自然である。神ならばそれぐらい簡単にしてしまえそうだ。

『ああ、そうだ』

なんの悪気もなさそうに笑う神に、柚子はがっくりする。

『まだ休眠前の力は取り戻せていないが、柚子をここに連れてくるぐらいは造作もなかった。目が覚めて早く柚子に会いたかったし』

ニコニコと本人は嬉《うれ》しそうだが、柚子からしたら迷惑この上ない。

「あの、なぜ私なんですか？」

『言っただろう？　私の神子だと』

「でも、私は……」

違うと否定しようとするも、神が手のひらを前に出し柚子の言葉を止める。

『私が決めた。だから柚子は私の神子だ』

「えー……」

なんたる傲岸不遜《ごうがんふそん》な思考。神だから仕方ないのだろうか。

『それに柚子には頼みがある』

「頼みですか？」

『柚子も少し関わっている問題だ』

「なんでしょうか？」

神から頼まれごとをされるような覚えは柚子にはないのだが。

『私が眠っている間に神器が悪用されているようなので、それを探し回収して持ってきてほしい』

「神器？」

柚子はこてんと首をかしげる。

『その昔、私は当時強い力を持った三つのあやかしの家にそれぞれ贈り物をした。鬼の鬼龍院《きりゅういん》には私の愛しい神子を、妖狐《ようこ》の狐雪家には分霊した社を』

「あ、撫子さんから聞いた話です」

けれど、三つ目の家の話はしてくれなかった。

『そして、もうひとつの家、天狗《てんぐ》の烏羽《うば》家にはあやかしの本能を消すことができる神器を与えた』

「あやかしの本能を消すんですか？」

柚子は意味が分からないというように困惑した顔をする。

『そう。あやかしは本能で花嫁を見つける。けれど、烏羽家に与えた神器は、その本能をあやかしから奪い去ってしまえるんだ』

「本能が消えたらどうなるんですか？」

『あやかしは花嫁を花嫁と認識しなくなる。花嫁であることに変わりはないが、花嫁と思わなくなる』

「そんな……」

玲夜の花嫁である柚子にとってはとんでもない代物だ。

「どうしてそんなものを与えたんですか？」

少々語気が強くなってしまうのは仕方ない。花嫁である柚子にも大いに関係のある内容なのだから。しかも、この神は先ほど悪用されていると言っていたのでなおさらだ。

『もともと、その神器はサクのために作ったものだ』

「サクさん？　でも、以前に龍から聞いた話だと、サクさんは鬼の花嫁になって仲睦まじかったと聞きました。神器なんて必要なかったのでは？」

『そこがすこーしややこしいのだよ』

神はやれやれというように微笑む。

『サクは神子。あやかしと人とをつなぐ私の神子だ。一龍斎の女は、花嫁でなくともあやかしの伴侶になれると聞いた覚えがあるだろう？』

「あ、はい」

以前に一龍斎直系のミコトが話していたので、柚子も知っている。

『昔、一龍斎がまともだった頃、一龍斎は人間とあやかしの仲立ちをする立場にあった。なぜなら一龍斎の先祖は神と人との子。一龍斎には神の血がわずかながら流れている。だからこそ神を降ろす力を持ち、一龍斎の女は花嫁でなくともあやかしの伴侶になれる。まあ、それも代を経るごとに薄まり、今では神子の素質を持つのは柚子だけだろう』

「なるほど」

『サクは、鬼の花嫁であると同時に、天狗の花嫁でもあった』

「えっ!?」

これでもかというほど驚く柚子。

ふたりのあやかしの花嫁になるなんて……。

「そんなことがあり得るんですか？」

『一龍斎の血筋で神子の力を持ったサクならあり得る。困ったことにな』

昔を思い出しているのか、神はどこか遠くを見ながら話を続ける。

『サクは鬼と天狗の当主ふたりに花嫁として乞われ、最終的に鬼を選んだ。天狗の当主も、サクの決めた選択ならと手を引いたんだ。私はその健気な姿にほだされてしまって、彼には本能を消す神器を与えた。もしもサクが鬼の花嫁でいるのが苦になったら、神器を使い、彼女を助け出せと命じて』

「そんなことが……」

『その後、神器が使われることはなかった。なにせサクは一龍斎に囚われ、連れ戻すのに成功しても、間もなく息を引き取ったから。天狗の当主はかなりの剣幕でサクの旦那を罵っていたよ。なぜサクを守り切れなかったのかとひどく怒っていた。まあ、私も同じ気持ちだったが、サクを守れなかったのは私もなのだから同罪だろう。できたのはこの子たちを遣わすことだけだった』

そう言って、神はまろとみるくに視線を落とす。

柚子の知らない当時の話に胸が苦しくなる。

『それからだ。鬼と天狗の仲が悪くなってしまったのは。二家の仲の悪さは今も続いていると聞く』

「そうなんですか？」

『ああ。けれど、仕方ない。それは天狗の当主がサクの幸せをなにより願っていた証なのだから。サクを守れなかった鬼への怒りが勝り、恨みへと変わった』

「…………」

鬼と天狗の仲が悪いという話は、『かくりよ学園』に通っていた時に講義で習ったので知っていたが、その理由までは聞かされていなかった。

もしかしたら玲夜ですら知らない話なのではないだろうか。サクが桜の木の下に眠っていたことも、玲夜どころか千夜《せんや》も知らなかったのだから。

『サクの旦那とてサクを失い悲しんだのだが、それを分かっていてなお、天狗の当主は割り切れなかったんだろう。あの悲劇はたくさんの者が傷を負う結果になってしまった』

神からはやるせなさがうかがえる。

『もしサクが天狗を選んでいたら……いや、今さら意味はないか。〝もしも〟を考えても……』

まろとみるくは落ち込んだように顔を俯《うつむ》かせており、自然と空気が重くなる。

柚子は話を変えることにした。

「神器を探してくれとはどうしてですか？　烏羽家の人が持っているんじゃないんですか？」

『神器は今、烏羽家にはない』

そう神は断言した。眠っていてなぜ分かるのだろう。まろとみるくからの情報だろうか。

「先ほど悪用されているっておっしゃいましたよね？」

『そう。少し前に柚子の知人をつけ狙っていたあやかしがいただろう？』

すぐに思い浮かんだのは、学友でもある芽衣《めい》と、芽衣が自分の花嫁だとしつこくストーカーしていた風臣《かざおみ》だ。

花嫁だと固執し、散々嫌がらせをしてでも手に入れようとしていたのに、最後は呆《あっ》気《け》ないほどあっさりと身を引いた。

芽衣が花嫁だったのは間違っていたと言ったらしいが、そんな間違いを起こすはずがないと玲夜が不思議がっていたものだ。

再度、なぜそんな出来事を神が詳細に知っているのかという疑問が浮かぶも、愚問だろうか。

風臣のことを考えて、柚子ははっとする。

「あの人が突然、芽衣が花嫁だったのは間違いだって興味を失ったのは、その神器のせい……？」

確信があるわけではなかったが、ひとり言のようにつぶやかれた言葉を、神は肯定する。

『その可能性が高いと私は思っている。そうでなければ、あやかしが花嫁を間違うなんて起こりえない。それは花嫁という存在を作り、人とあやかしをつないだ私が誰よりもよく知っている』

「神器はどこにあるんですか？」

『そこまでは私にも分からない。分かっているのは、神器は今、烏羽のもとにはないということだけ』

曖昧すぎる。たったそれだけの情報で柚子に探せとは、なんという無茶ぶり。

そもそも、悪用されたという考え方からして柚子と相違があるように感じる。

「悪用と言いますけど、私の友人はあやかしに花嫁と認識されて困っていました。興味を失ったのが神器が使われたおかげだとしたら、悪用ではないんじゃないですか？　少なくとも友人は助かってます』

『それはあくまで花嫁であるのを望まない花嫁側から見た価値観でしかない。突然本能を奪われてしまったあやかしからしたら、悪用ではないか？』

「まあ……確かに……」

あやかし側に立って考えると、柚子も否定できない。

『花嫁をこいねがうあやかしの本能は、私によって引き出されたもの。食欲や睡眠欲のように、生きる上でなくてはならないものではないが、あったものを強制的に奪っては、あやかしにどんな影響が及ぶか分からない』

「なおさら、どうしてそんなもの作ったんですか……」

じとっとした視線を向けてしまう柚子を誰が咎《とが》められよう。

『先ほども言ったように、サクのためだ。サクが鬼の当主に三行半《みくだりはん》を突きつけた時に、あやかしの本能による執着がサクの幸せの邪魔になったら困る』

しれっと答える神。どうやら人とあやかしをつなぐ神といっても、思いの比重はサクに軍配が上がるらしい。

『まったく、サクのために作った道具を悪用するなんて面倒な真似をしてくれたものだ』

やれやれという様子の神だが、やれやれなのは後始末を押しつけられようとしている柚子の方である。

「神器が烏羽家にはないのは確かなんですか？」

『それは間違いない。私が探してこられればいいが、神は神だからこその制約がある。まあ、目覚めたばかりで、まだ思うようには動けないという理由もある。だからどうか私の代わりに探してくれないか？』

捨てられた子犬のような眼差しで見られれば、喉まで出かかった拒否の言葉も止まってしまう。

明らかな面倒ごとに首を突っ込んだと知った時の玲夜の反応が怖いが、悩んだ末に柚子は頷く。

「分かりました。探し出せると断言できませんが、やれるだけのことはしてみます」

『ありがとう、柚子。私の愛しい神子』

桜が舞う中で微笑む神は神々しく、それでいて幻想的で、ずっと見ていたい気持ちになる。

神になんとも愛おしげに見つめられ、柚子は気恥ずかしくなった。

神は幾度も『私の神子』『愛しい』と口にするが、それは玲夜が柚子に向けているものとはどこか違う。

たとえるなら、祖父が孫に向けるような種類の愛情といったらいいのだろうか。

だからこそ柚子も警戒心を持たずにのほほんとしていられた。

けれど、なぜ神が柚子にそのような感情を向けてくるのか分からない。

今日会ったのが初めてのはずなのに、心の中に湧く安心感はどうしてだろうか。とても懐かしく感じるのはなぜだろうか。

聞きたいのに聞くのが怖い。言葉にできない感情を飲み込んで、柚子は神の眼差しを受け止めた。

やはり何度見ても美しい人だなと思いながら、柚子はこれからどうしたらいいのかを考える。

「……とりあえず、屋敷に帰って玲夜に相談しないと。……信じてくれるかな?」

うーむ、と柚子は難しい顔をする。

神に連れられて指令を受けたなどと突然言いだしたら、柚子なら寝ぼけていたのかと疑うに違いない。なんと説明すれば玲夜は信じてくれるだろうか。

玲夜に信じてもらうためには、神自身に会わせるのが一番いいかもしれない。

そう思った柚子が神に視線を向けると、神の姿は桜の花びらとなって消えていこうとしていた。

「えっ、神様!?」

『時間のようだ。目覚めたばかりの私は、まだ長く顕現してはいられない。後のことは頼んだよ』

「アオーン」

「にゃう」

任せろというようにまろとみるくが鳴く。

『柚子。私の神子。気をつけるんだよ』

そう言い残して神は消えていった。同時に、まるで夢幻かのごとく、周囲にあった桜が青々と茂る緑色の木に戻った。

「……夢、じゃないよね」

まるで狐につままれたような気分だが、手のひらに残った一枚の桜の花弁が神の存在を教えてくれる。

「帰ろっか」

まろとみるくに向かって問いかけると、肯定するように二匹は柚子の足に擦り寄った。

「というか、どうやって帰ろう……」

神の存在ですっかり忘れていたが、今の柚子は裸足にパジャマ姿のままだ。

空を見ればいつの間にか満月は見えなくなり、夜が明けようとしていた。

「早く帰らないと、玲夜が心配する」

いや、もう手遅れかもしれない。

「連れてきたのなら送り返してくれればいいのに」

思わずそんな恨み言を口にした柚子は、一度社を振り返ってから、一龍斎の屋敷を後にした。

裸足なので足の裏を怪我しないよう慎重に歩きながら一龍斎の屋敷を出ると、タイミングよくタクシーを発見する。

手を上げてタクシーを止めて乗り込めば、運転手に驚いた顔をされた。

パジャマに裸足という柚子の今の姿を見れば当然だろう。普通に事件性を感じてもおかしくない。

「お嬢さん、大丈夫かい？　そんな姿でこんな時間にいったい……。警察へ行く方がいいかな？」

ひどく心配して優しく語りかけてくれる運転手に申し訳なくなりながら、まろとみるくも一緒に乗れるか聞こうと二匹を振り返れば、忽然《こつぜん》と姿を消していた。

いったんタクシーから降りて周囲を見回すが、やはりまろとみるくの姿は見つけられなかった。

「お嬢さん、どうする？　乗るのかい？」

「はい。お願いします」

まろとみるくが神出鬼没なのはいつものことなので、大丈夫だろうと探すのを早々にあきらめる。

「すみません、運転手さん。こんな状態なので今はお金を持ってないんです。でもちゃんと支払いますので乗せてもらえますか？」

目的地に着いたら必ず払うと再度念を押し、それでもいいか問うと、運転手は「全然かまわないよ」と快く了承してくれた。

断られても無理もない状況なのによかったとほっとする。ありがたく思いながら柚子が屋敷の住所を伝えると、タクシーは動きだした。

着くまでの間、タクシーの運転手は柚子を気遣うように話しかけてくれる。相当心配させてしまっているようだ。

いい人に当たったことを感謝しながら、運転手と他愛もない話をしていれば、すぐに屋敷に到着した。

すると、なにやら屋敷を慌ただしく人が出入りしているではないか。

恐れていた事態を察した柚子は顔色が悪い。

屋敷の門の前に横付けされたタクシーから柚子が出てくると、使用人たちが驚きと安堵が入り交じった様子であっという間に取り囲む。

「奥様！」

「よかったです！」

「心配いたしましたよ！」

「ご無事ですか!?　そんなお姿でどちらに行ってらしたのですか！」

口々に心配する言葉をかけられ、柚子はなんと説明しようか迷う。

しかし、その前にやることがある。

「あの、タクシーでここまで連れてきてもらったけどお金がなくて……。先に支払いをお願いしていいですか？」

「承知しました。そちらは私が対応しておきますので、奥様は早く玲夜様のもとへ」

雪乃《ゆきの》が誰より早く反応してくれる。

「玲夜、怒ってる？」

ビクビクしながらうかがう柚子に、雪乃は困った顔をする。

「お怒りというより心配されております。かなり取り乱しておられますので、ご無事な姿を見せて安心させてあげてくださいませ」

「はい……」

タクシーを雪乃に任せ、柚子は急いで屋敷の中へ入る。

　そのまま走って玲夜のもとへ向かいたいところだが、足の裏が汚れきっている。用意してもらった濡《ぬ》れたタオルを使い、玄関の段差に座って足を拭《ぬぐ》っていると、ドタドタと慌ただしい足音が近付いてきた。

「柚子！」

　誰かが玲夜に柚子の帰還を知らせたのだろう。玲夜の顔には余裕がなく、狼狽《ろうばい》した様子で駆けてくる。

「玲夜」

　柚子が立ち上がると、勢いを殺さぬまま近付いてきた玲夜が柚子を抱きしめる。

「いったいどこに行っていたんだ！」

「玲夜……。ごめんね」

　困ったように眉を下げ、柚子は玲夜を抱きしめ返す。

　すると、どこからともなく「アオーン」と鳴いて、まろが姿を見せた。その後ろからみるくも来て、柚子の足に体を擦りつける。

　いったい、いつの間に帰っていたのか。本当に神出鬼没な猫たちである。

「目を覚ましたらいなくなっていたんだ。どれだけ心配したと思ってるんだ」

　やや柚子を責めるような声色になっているのは仕方がない。柚子が逆の立場でも玲夜のような言い方になっただろう。

しかし、自分の意思とは関係なしに無理やり呼び出された柚子としては理不尽さを感じる。

「そう言われても、私も好きでいなくなったわけじゃないのよ？」

「どういう意味だ？　いや、その前にどうやって抜け出した？　俺が気付かないはずがないのに」

玲夜の霊力によって結界が張られている屋敷内において、彼が分からないことなんてない。

ましてや、同じ寝室、同じベッドで眠る柚子が部屋から出ていくのを気付かぬほど、鈍い玲夜ではないだろう。

にもかかわらず、柚子は玲夜のそばから跡形もなく消え失せた。

どうやっていなくなったか分からないからこそ、屋敷内は蜂の巣をつついたような騒ぎとなったわけだ。

柚子はどう説明しようかと考えを巡らせる。

「えっとね、神様が目を覚ましてね、神様が私を社まで移動させたの」

頭に浮かんだ言葉をそのままに口にしてから後悔する。

こんな突拍子もない話をストレートに伝えすぎた。現に玲夜は難しい顔をしており、柚子の言葉を信じているようにはまったく見えない。

「柚子、冗談を言ってる場合じゃない。柚子がいなくなって、本家も動いてるんだ」

「えっ!?」

本家ということは千夜たちも柚子を探しているのか。

自分ひとりのために本家にまで迷惑がかかっているとは思わず、柚子は内心で大いに慌てた。突然呼び出した神に恨み言を言いたくなる。

どうせなら玲夜も一緒に呼び出すとか、配慮をしてほしかった。そうすればここまでの騒ぎにはならなかっただろうに。

しかし、神に人の都合を考えろというのは無理があるだろうか。

「本家には柚子が見つかったとすぐに報告はしたが、後で説明に向かわないとならないな……」

やや面倒臭そうにする玲夜に、柚子は頭を抱える。

自分のせいで玲夜が困っているのだから、知らぬ顔はできない。

いや、自分のせいか？と柚子が思い返していると、聞き慣れた声が聞こえた。

「あーい」

「あいあーい」

視線を向ければ、子鬼たちがトテトテと走ってくるのが見えた。

子鬼たちはぴょんと柚子の服に飛びつき、よじ登って肩に落ち着く。

「柚子、よかったー」

「よかった、よかったー」

万歳をして喜ぶ子鬼たちに柚子の頬は緩んだが、玲夜に視線を戻して笑みは消える。

玲夜は、どうしたものかと考える顔をしていた。

本家へどう言い訳しようか悩んでいるのだろうか。

「玲夜、本当なの。本当に神様に呼び出されたの」

「…………」

嘘《うそ》ではないと必死に伝えるも、玲夜からすぐに反応はない。柚子を信じたい気持ちと相反する気持ちとで葛藤しているように見えた。

「……話は後にしよう。先に服を着替えてきた方がいいな。……それに風呂も」

そう言って玲夜は、柚子の頭についていた葉っぱを取る。

「あっ……」

社へ続く道を歩いた時にでもついたのかもしれない。

着ているパジャマも裾が汚れ、拭いたとはいえ裸足で歩いた足の裏は薄汚れている。

とりあえず急いでシャワーを浴びてから服に着替えると、髪を乾かす時間も惜しいとばかりに半乾き状態で玲夜の部屋に向かう。

その頃にはもうすっかり朝になっていた。

部屋に入ると、玲夜はどこかに電話していたようで、スマホを耳に当てながら一度柚子に目を向けて会話を再開する。

柚子は邪魔にならないように静かにソファーに座って待つことにした。

時折玲夜から「父さん」とか「これから聞く」という言葉が聞こえるので、もしかしたら電話の向こうにいるのは千夜かもしれない。

玲夜が電話をしている間、柚子は夢のような神との邂逅《かいこう》をどうやって説明しようかと考えていた。

ぼうっとしながら頭の中で整理していると、電話を終えた玲夜が柚子の隣に座る。

恐る恐る目を向ける柚子を、玲夜は横から抱きしめる。

されるがままになっている柚子は、玲夜が怒っていないかと不安だった。

しばらくその状態でいると、深いため息が玲夜から漏れる。顔を上げた玲夜は、いつものような優しい笑みを浮かべていた。

「玲夜、怒ってる？」

「怒ってはいない。ただ、心配しただけだ。目を覚ましたら腕に抱いていたはずの柚子がいないんだからな。屋敷のどこにもいなくて、誰もその姿を見ていない。忽然と姿が消えて、それはもう焦ったさ」

「ごめんね……」

どう考えても勝手に呼び出した神が悪いのだが、柚子は自分が悪いような気になってきた。

「柚子が無事ならそれでいい。怪我はないんだな?」

これだけ迷惑をかけたのに玲夜は柚子のことだけを気にしてくれる。

「うん。私は大丈夫。心配させてごめんなさい」

「もう気にするな」

そう言って玲夜は柚子の頭を優しく撫でる。

「けれど、どうやって屋敷を抜け出して、どこに行っていたかは教えてくれ」

「うん。信じてくれないかもしれないけど——」

柚子は自分の身に起こった夢のような出来事を話した。

目が覚めると一龍斎の元屋敷にいたこと。そこでの神との邂逅。神からの頼み事。

柚子が覚えている限り、できるだけ詳細に説明した。

玲夜はずっと静かに耳を傾け、茶化したりも、あり得ないと否定したりもせず、最後まで話を聞いていた。

順序立ててなんとか話し終えた柚子は、ふうっと息をつく。一気に話して少し疲れてしまった。

話せることは話したが、玲夜の反応は半信半疑というところだろうか。

玲夜も判断に困って眉間に皺《しわ》が寄っている。

「神……。霊獣のような存在がいるんだからおかしなことではないと思うが、やはり信じがたいな。神と実際に会って話をしたなんて」

「だよね……」

当然の反応だと、柚子も困ったように眉尻を下げる。

肩を落とす柚子をどう思ったか知らないが、玲夜がすぐさまフォローを入れる。

「柚子が信じられないというわけじゃない」

玲夜は優しく柚子の頬を撫でた。

「うん。分かってる」

信じられないのは仕方がない。今思い返してみても、あの幻想的な光景は頭から離れないのに、夢うつつのことのように感じるのだから。

「まろとみるくが話せたら証言してくれるんだけどなぁ」

まろとみるくの姿はこの場にはない。今頃雪乃からごはんをもらっている時間である。

腹時計が正確なあの二匹は、毎日ちゃんと同じ時間にごはんを催促に来るのだ。

子鬼もまろとみるくについていったので、ここにはいなかった。

「父さんが納得してくれればいいんだが……」

「難しい？」

「正直、俺も半信半疑だからな」

『柚子の話だけでは不足なら、我と妖狐の当主がお墨付きを与えれば納得するのではないか？』

横から話に加わったのは、ずっと姿が見えなかった龍である。

すうっと窓から部屋に入ってきた龍は、柚子と玲夜の前にあるテーブルの上で止まる。

「どこに行ってたの？」

『あの方の気配が強まったから、様子を見に行っていたのだ』

「あの方って神様のこと？」

『そうだ。柚子とは入れ違いになってしまったようだがな。しかし、確かにあの方の力を感じたよ。ようやくお目覚めになった』

うにょうにょと体を動かす龍は、どこか嬉しそう。

すると、玲夜が少し前のめりになる。

「柚子の前に現れたというのは本当に神なのか？　柚子が騙《だま》されているということはないのか？」

なるほど、とその可能性を失念していた柚子ははっとした。

まろとみるくがいたために、深くは疑わなかった。

もちろん最初は疑惑の目で見ていたが、すんなりと受け入れていた。騙されるなんて思いもしていない。

けれど、玲夜の心配をはねのけるように龍は肯定する。

『その通り。柚子が社で会ったのは、間違いなく人とあやかしをつなぐ神である。その昔、一龍斎が崇め、サクが神子として仕えていた方だ』

「なにか証明できるものはないのか？」

『神に神であることを証明しろとは無礼千万！　あの方を知る我がちゃんと確認した。それこそがなににも代えがたい証明ではないか』

くわっと目を見開いて怒る龍の尻尾が、不機嫌そうにテーブルを叩《たた》く。

『だが、それでも足りないというなら妖狐の当主を連れてきてやろう。長らく分霊された社を守ってきた狐雪家の当主ならば、あの方の力の片鱗《へんりん》を感じ取れるであろうからな』

玲夜はしばらく考え込んでから、首を横に振った。

「いや、霊獣であるお前がそこまで断言するなら事実なのだろう。信じがたいがな」

『今の世にあの方の姿を知る者は少ない。信じられないのも仕方がなかろうて』

先ほどは半信半疑な玲夜に無礼千万などと怒っていたのに、いったいどっちなのか。

なんにせよ、玲夜がようやく事態を受け入れてくれたのでなによりだ。

けれど、信じたら信じたで問題が発生する。

「神器、か……」

玲夜は顎《あご》に手を置いて考え込んでいる。

「その神の発言が本当なら、探さないわけにはいかないな」

『本当だと何度言わせるのだ。まったくしつこい奴め』

グチグチと不満げな龍を無視して、玲夜は険しい顔をする。

あやかしの本能を奪ってしまうという道具。

「あやかしにとって……特に、花嫁を得ているあやかしには大問題だ。なんでそんなものを作ったんだ」

『あの方はサクを大事にしておられたからなぁ。正直、サクと鬼の当主が惹《ひ》かれ合っておったのもちょっとおもしろくないと感じておられたから、ただ鬼の当主へ嫌がらせをしたかっただけであろう』

龍はうんうんと頷いている。

『あの方が神器を烏羽の当主に渡した時の鬼の当主は、なんとも複雑な顔をしておった』

さらに龍は、『正直言うと我もちょっとスカッとした』などと昔を思い出しながらカッカッカッと笑う。

なんだかサクを花嫁にした鬼の当主が不憫《ふびん》に感じてきた。

「場所も分からない代物をどうやって探すかが問題だな」

さすがの玲夜でも難しいと感じているようだ。

それに関しては柚子も申し訳なくなる。

「安請け合いしちゃったとは思うんだけど、大事なものみたいだから引き受けちゃったの。よくよく考えてみると、それを管理していた烏羽家の人に責任持って探してもらうべきなんじゃないのかな？」

「その通りだな。だが、鬼と天狗の今の関係を考えると、話し合いの場を設けるのすら難しいかもしれない」

やれやれとばかりに玲夜がため息をつく。

『それもそうだが、柚子が探さねばならぬことに変わりはないぞ。たとえ柚子であろうと、神との約束を破るのは許されぬからな』

龍は少々言いづらそうにした。

「破るとどうなるの？」

『それなりの神罰が与えられてもおかしくない』

「神罰ってなに!?」

なにやら恐ろしい言葉に柚子の顔が青ざめる。

『それはまあ、いろいろと』

「いろいろ!?」

引き受けるんじゃなかったと柚子は後悔したが、今さらもう遅い。

神との、約束という名の契約はなされてしまった。柚子にできるのは神器を探すことのみ。

柚子は頭を抱えた。

『我も手伝うからそう気を落とすでない』

龍が慰めてくれるが、その程度では落ち込んだ気持ちが浮上するはずがなかった。

すると、急に横から体を持ち上げられ、玲夜の膝の上に座る形になる。

「とても柚子だけで対処できる問題ではなさそうだ。父さんにも協力を仰ごう」

「う〜。ごめんね、玲夜。ほんとに私って迷惑ばかりかけてる……」

「これぐらいなんてことはない」

そう言うと、玲夜は柚子の首元に顔を寄せ抱きしめる。

目の前にある玲夜の頭に腕を回せば、彼の腕にさらに力が入った。

「もし今度神に会うことがあれば、ひと言連絡しろと伝えておくべきだな。急に連れていかれたら心臓がもちそうにない」

柚子が消えるようにいなくなって相当こたえたらしい。

玲夜は仕事に行く時間をとっくに過ぎても、しばらく柚子を離そうとしなかった。

「玲夜、仕事は大丈夫？」

「問題ない。今は柚子を感じていたいから、もう少しこのままで……」

懇願するようにそう言われてしまっては、心配をかけたことを悪いと思っている柚子が拒否できるはずもなかった。

「俺がなにより恐れるのは柚子がいなくなることだ。だからあまり心配をかけさせてくれるな」

「うん。ごめんね」

柚子を腕の中に閉じ込めたまま動かない玲夜から伝わる恐怖心。

なくしてしまうのではと恐れるように、柚子を抱きしめる。

なんとも言えぬ緊張感を発している玲夜の様子に、まろとみるくとともに戻ってきた子鬼も敏感になっており、柚子の膝の上に乗っている。

「今度は僕も絶対ついてくー」

「うん。柚子から離れない」

頼りがいのある言葉に柚子は自然と頬が緩んだ。

すると、自分を抱きしめる玲夜の腕にぐっと力が入ったのを感じ、柚子は苦笑する。

どうやら玲夜も子鬼たちと同じ気持ちのようだ。

けれど、神がそう都合よく全員一緒に連れていってくれるか分からないのでなんとも言えない。

「今度会ったら神様にちゃんと言っておくね」

子鬼たちを撫でることで、玲夜にも安心してもらえたらいいのだが。

「玲夜。そんなに強く抱きしめなくてもいなくならないよ」

玲夜の腕をトントンと叩くと、顎に手を置かれ軽く触れるキスをされる。

性的なものを感じない、本当にただ愛情を伝えるだけの優しいキス。

すぐに離れた玲夜は柚子の耳たぶに触れた。

「柚子に傷をつけるのは嫌だが、発信機付きのピアスでもするか」

「本気じゃないよね？」

「……冗談だ」

そのわずかな間に玲夜の本気度が見えた気がして柚子は口元を引きつらせた。

もしピアスを贈られても絶対に拒否しようと思った瞬間だった。

二章

柚子が帰ってきたことで、ようやく屋敷内は静けさを取り戻し、それぞれがいつも通りの自分の仕事に取りかかる。

しかし、玲夜だけはいつも通りとはならず、仕事を休んで鬼龍院本家へとやってきた。もちろん、柚子と一緒である。

玲夜の秘書である高道《たかみち》によると、明け方も近くなった夜中に突然スマホが鳴り、柚子がいなくなったとひどく動揺した声で玲夜が電話をかけてきたそうだ。

柚子のこととなると冷静さを失う玲夜を高道もよく知っているので、きっと取り越し苦労だろうと思っていたら、本気で居所が掴《つか》めない。

いつもなんだかんだと面倒ごとに巻き込まれる柚子なので、今回もなにか起きたのではないかと思い直し高道もいろんなところへ電話しまくり、捜索の手伝いをしてくれたらしい。

その結果、柚子が行方不明になったことを多くの人が知るところとなった。

柚子が帰ってきた後も、高道は心配をかけた人たちへ謝罪とともに感謝の電話をかけ続けたそう。

どうやら柚子がいなくなったと知って、透子《とおこ》や撫子などは、独自に人を使って探してくれたようだ。

それを聞いた柚子は、予想以上に大事《おおごと》になっていると、またもや頭を抱えた。

迷惑をかけた人たちには、柚子からもお礼と心配をかけたことへの謝罪をしに行かねばなるまい。

その前に、とりあえず本家が先だ。気落ちした様子で本家の屋敷の前に立つ柚子は、叱られるのを覚悟して敷居をまたいだ。

しかし、待っていたのは柚子の姿を見て安堵の表情を浮かべる千夜と沙良《さら》だった。

「よかったわ。柚子ちゃんになにもなくて」

そう言って沙良は柚子を抱きしめる。千夜も、ニコニコと笑みを浮かべていた。

「ほんとだよぉ。無事でなによりだったね」

と、穏やかな顔をしている。

その優しさあふれる反応に、柚子は逆にいたたまれなくなった。

「本当にご迷惑をおかけして申し訳ありません」

柚子は千夜と沙良に向かって、深々と頭を下げた。

「いいんだよ〜。真夜中に一族の者を百人ばかり叩き起こして大捜索させたけど、大した問題じゃないから」

「えっ……」

柚子の顔が一瞬で強張った。

その様子を見て、あははと楽しげに笑う千夜は、実は柚子にめちゃくちゃ怒っているのではないかと勘ぐってしまう。

「嘘嘘。ほんとに大した問題じゃないからね。柚子ちゃんは気にしなくていいよ～。ちゃんと謝罪は受け取ったから」

「でも……」

少なくとも夜中に叩き起こされた人たちへは、柚子自ら謝罪行脚《あんぎゃ》に行かねばならないのではないだろうか。

その時、部屋の外から声がかけられる。

「失礼いたしますぞ」

そう言って入ってきたのは、ひとりの老人だ。

白髪をオールバックにし、杖《つえ》をついている。その眼光は鋭く、威圧感が体中からほとばしっている。

柚子には見覚えのない人だったが、誰かに似ている気がした。

「やあ、天道《てんどう》さんも柚子ちゃんが心配で様子を見に来たのかい？」

微笑みを絶やさぬ千夜が気さくに話しかけるが、『天道』と呼ばれた老人はギロリと千夜をねめつける。

「花嫁が来ていると耳にしましてな。心配などはいっさいしておりませなんだが、本家にまで迷惑をかける娘がどんな人間か見ておこうと参った次第です」

その言葉には隠しようもない柚子への棘《とげ》があった。

「それが花嫁ですかな？」

天道の強い眼差しが柚子を射貫き、身がすくむような感覚に陥る。

不躾《ぶしつけ》な視線にも柚子は大した反応もできず、天道をうかがうのみだった。

「あ、えっと……」

言葉がうまく紡がれず、たどたどしくなる。それすら不快とばかりに眉をひそめる天道に、柚子は完全に萎縮してしまっていた。

そんな柚子を守るように玲夜がにらみ返す。

「天道、やめろ。俺の花嫁だ」

「だから、なんですかな？　花嫁であるかなど私にはなんら関係ありません。そもそも私は花嫁を迎えることに常々反対していたはずです。花嫁は鬼の一族の害にしかならないと。千夜様も玲夜様も私の忠言を無視なされましたがな」

皮肉っぽく口角を上げる天道はさらに続ける。

「こうして一族に多大な迷惑をかけたのです。今からでも遅くはないので、花嫁を手放されたらどうですかな？　それが一族のため、なにより玲夜様のためになるのではないですか？」

「なにが俺のためだ。柚子はなにがあろうと手放さない。誰の反対があろうとな」

にらみ合う玲夜と天道は、まさに一触即発の状態。柚子は声をかけることもできず、おろおろするしかない。

そんな柚子に視線を移し憎々しげに見る天道は悪意ある言葉を吐く。

「花嫁を得たあやかしというのは、本当に厄介ですな。花嫁にいったいどんな魅力があるのやら、私には分かりかねます。花嫁は害でしかないのに、なぜそれを分かってくださらぬのか。先代様もそうです。あの女のせいで――」

「先代？　あの女？」

玲夜がいぶかしげにすると、天道ははっとしたように途中で言葉を止めてしまった。

「なんでもありません」

なんとも言えぬ不穏な空気がその場に流れる。

「ご迷惑をおかけして本当に申し訳ありません！」

柚子は勇気を振り絞って声をあげた。

なにせ問題は柚子が発端なのだから、玲夜に任せて黙っているわけにはいかない。

「今後ないよう気をつけます。その、だから……」

言葉が尻すぼみになっていく。

勢いに任せたものの、天道の眼光に気圧《けお》される。

なんて意気地がないのかと自分で情けなくなるが、あまりにも天道の迫力がありすぎた。

「その殊勝な態度がいつまで続きますかな？　花嫁とはしょせん人間。あやかしとは本質からして違うのです。本能で花嫁に囚われるあやかしとは違い、人間はすぐに裏切る。いつ他の男に走るか分かったものではない。花嫁殿もいつまで玲夜様だけだと言い切れるか楽しみですな」

「天道っ」

玲夜が激しく怒っている。今にも飛びかかりそうな勢いに、柚子は慌てて玲夜の腕を掴む。

柚子は天道とこれが初対面だというのに、なぜこんなにも言われなくてはならないのか。天道からは恨みや嫌悪すら感じられ、柚子は戸惑う。

彼になにかしてしまったのだろうか。

まったく覚えがないので対応に困っていると、すっと襖《ふすま》が開かれた。

「もう、それぐらいでおやめなさい、天道」

入ってきたのは、老婦人だ。

黒髪に白髪が半分混じりグレイカラーのようになった髪を、後ろで結んでお団子にしている。撫子とはまた違った品と迫力を持った女性である。

彼女が現れると、天道はすぐさま一礼した。

「これは、玖蘭《くらん》様。あなたもここにいらしたのですか」

先ほどまでとは違い、天道の声色には尊敬の念が感じられる。誰だろうかと不思議に思っていると……。

「お母様っ」

千夜が慌てたように立ち上がる。

柚子は分かりやすく二度見してしまった。

千夜は今この老婦人を『お母様』と呼んだのか？　聞き違いかと思ったが、言われてみれば千夜や玲夜とどことなく似ている。いや、ふたりが彼女に似ているのか。

すると、玲夜が柚子に耳打ちする。

「彼女は鬼龍院玖蘭。先代当主の妻で俺の祖母に当たる人だ」

そっと囁《ささや》かれた内容に、柚子は納得した。

玲夜は千夜とは真逆なほど雰囲気が似ていないなと思っていたが、祖母である玖蘭を見れば、その似た雰囲気に血のつながりを確信する。

その場を支配してしまう存在感と覇気は玲夜を彷彿《ほうふつ》とさせた。

「いい年寄りが、若者を虐めるものではありませんよ」

「虐めているわけではありません」

天道はしれっとした様子で返すが、今までの発言はどこをどう聞いても柚子を虐めているようにしか聞こえない。

玲夜の祖母である玖蘭は、やれやれというようにため息をついてから、柚子へと視線を向けた。

じっと見られてドキリとした柚子は、慌てて玖蘭へ頭を下げる。

「は、初めてお目にかかります！　柚子と申します」

玲夜の祖母の存在は知っていた。結婚式をするにあたり、玲夜の親族の名簿を目にしていたからだ。

玲夜の祖父であり千夜の父親でもある、先代の鬼龍院当主はすでに亡くなっている。だからこそ千夜が当主となっているのだろうが、柚子は何度となく本家を訪れたのに、玲夜の祖母である鬼龍院玖蘭とは顔を合わせたことがなかった。

あえて会わなかったわけではない。何度か挨拶のために面会を希望しても、なにかと理由をつけて断られていたのだ。

それならば柚子と玲夜の結婚式で会えるかと思いきや、玖蘭は出席しなかった。

玲夜や千夜に理由を聞くと、人間である柚子を鬼の一族に迎え入れるのを反対している勢力がいるという答えが返ってきたため、きっと玖蘭もそのひとりなのだと柚子は勝手に思っていた。

そんな玖蘭との初対面。緊張するなという方が無理である。

下げた頭をなかなか上げられずにいると、玖蘭は柚子の前で膝をつく。

「顔をお上げなさい」

そう言われ、おずおず見上げた柚子の目に飛び込んできたのは、柔らかな笑みを浮かべる玖蘭の顔だった。

嫌われていると思い込んでいた柚子は予想外な表情を向けられ、驚きのあまり目を大きくする。

「……かわいらしいお嬢さんね、玲夜」

「ええ、俺の最愛です」

玲夜は自慢げに微笑んだ。

「ならば、ちゃんと守ってあげなさい。天道のような頑固じじいどもからね」

「言われずとも」

揺るぎない玲夜の言葉に、玖蘭は満足そうだ。そして、畳についたままでいる柚子の手の上に自身の手のひらをのせた。温かく柔らかい優しい手だ。

「結婚式に出られなくてごめんなさいね」

「いいえ！　とんでもないです」

「本当は出席したかったけれど、天道のような頭の固いじじいどものせいで、いろいろと理由があったのよ。私はふたりの結婚を反対してはいませんよ」

「玖蘭様！」

天道が激しく責めるように声を大きくするが、玖蘭は視線だけで天道を黙らせてしまう。

その無言の圧は、さすが玲夜の祖母である。自分に向けられなくて柚子は心底ほっとした。

「これからも困難はあるでしょうけど、ふたり一緒に頑張りなさい」

「ありがとうございます……」

面会を拒絶するほど玲夜との結婚を反対されていると思っていた柚子は、玖蘭から飛び出した気遣いの言葉に拍子抜けする。

玖蘭は立ち上がると天道へ厳しい視線を向けた。

「さあ、年寄りは早々に立ち去りますよ」

「玖蘭様」

咎めるような天道の視線もなんのその。玖蘭は優雅に去っていった。

天道は苦虫を噛《か》みつぶしたような顔をしてからため息をつくと、千夜へ一礼してから出ていく。

ふたりがいなくなったことで、その場の空気がほっと緩んだ。

「台風みたいな人たちだよねぇ。ごめんね、柚子ちゃん。天道さんのせいで嫌な思いさせちゃったよね」

いつも通りのひょうひょうとした様子で、千夜が柚子を気遣う。

「あ、いえ、全然大丈夫です」

「天道と会ったのは初めてだよね？」

「はい。確か、結婚式にも出席されていませんでしたね」

「そうそう。お母様が言うように、頭が固いからねぇ。困ったものだよ～」

肩をすくめる千夜はヘラヘラしていて、本当に困っているようには見えない。

「いまだにねぇ、人間である柚子ちゃんを一族に迎え入れるのを反対している勢力があるって前に教えたかな？」

「はい」

「その筆頭が、さっきの彼、荒鬼《あらき》天道なんだよぉ」

「荒鬼？」

柚子は玲夜の後ろに控えていた高道に目を向ける。

荒鬼とは、高道と同じ姓ではないか。

柚子の視線に気がついた高道が苦い顔をする。

「柚子様には申し訳ないことに、私の祖父になります」

と、眉尻を下げて教えてくれる。

「天道さんは僕の父親、先代当主の側近だったんだよ～」

「そして、なぜか先代当主の側近ばかりが、柚子を花嫁として迎え入れるのを反対している」

玲夜が声に苛立《いらだ》ちを込めて話す。

「先代の側近ばかり……。なにか理由があるんでしょうか？」

柚子が問うが、千夜もその答えは知らないようで肩をすくめる。

「さあねぇ。でも、なにかあったっぽいのは確かなんだけどな～。お母様も天道さんも教えてくれないんだ。僕は当主なのにおかしくない？」

ね？と問いかけられても、柚子は反応に困ってしまう。

愛想笑いをして誤魔化すと、ようやく本題へ入った。

目覚めた神と、神が探す神器。一通りの話を聞いた千夜は珍しく真剣な顔で腕を組み考え込んでいる。

「なるほどねぇ。神器か。烏羽家は知っているけど、そんなものを神様から与えられているなんて、僕は初めて聞いたなぁ」

「見つけられるでしょうか？」

柚子は不安そうに千夜へ問いかける。

柚子の力では砂漠の中からひと粒の砂金を探し出すようなものだ。しかし、日本国内において多大な影響力を持つ鬼龍院なら可能性はあるのではないか。

「神様も無茶ぶりするよねぇ。というか、神様ってどんな人？」

ころりと表情を変え興味津々に目を輝かせて身を乗り出す千夜に、柚子は苦笑する。

「えーと、真っ白な長い髪をしてたんですが月の光が当たってキラキラしてて、玲夜に負けないぐらいすごく綺麗な方でした！」

「あらやだぁ。そんな神様なら私もお会いしてみたかったわ～」

沙良が目を輝かせる。

「柚子ちゃんたら、その神様に惚《ほ》れちゃったんじゃない？　もしかして玲夜君のピンチかしら～？」

沙良はなんだか楽しそうに玲夜を煽《あお》る。

そんなことありはしなかったが、神に見惚《みと》れてしまったのは事実である。

「いえ、そんなっ！」

柚子は心を見透かされたようで慌てて否定したものの、その否定の仕方が玲夜は気に食わなかったようで……。

「柚子、どうしてそんなに動揺してるんだ？」

玲夜はなにやら不満そうにしている。

「動揺なんかしてないよ！」

「いや、してる。柚子、新婚早々に浮気か？」

なんとも色気たっぷりに柚子の顎を捉え顔を近づけてくる玲夜に、柚子は心の中で悲鳴をあげた。

「浮気なんかしてないよ。私には玲夜だけです！」

力強く否定したのがよかったのか、玲夜は満足して柚子から手を離した。

ほっとする柚子の前で、千夜がからかう。

「駄目だよ、沙良ちゃん。玲夜君は柚子ちゃんのことになるとミジンコ一匹分より心が狭くなるんだから、柚子ちゃんが監禁されちゃったらどうするの？」

「あら、それは大変だわ。柚子ちゃん、玲夜君から逃げたかったら私たちに相談してね」

「うんうん。当主の権力を全力で使って、玲夜君から逃がしてあげるからねぇ。安心して連絡しておいで～」

声をあげて笑う沙良と千夜の言葉に、玲夜は青筋を浮かべている。

柚子が逃げるなんて事態にならないと思っているからこそ、そのような冗談が言えるのだろうが、玲夜の機嫌が急降下していくのが分かるので、隣で柚子はヒヤヒヤする。

後で被害を受けるのは自分なので、玲夜で遊ぶのはやめてもらいたい。

「あの、それよりも神器の話をしませんか？」

「おっと、そうだったね」

脱線しまくっていた話が柚子のひと言で修正される。

「そもそもなんだけど、その神器ってどんな形をしてるの？」

千夜の素朴な疑問に柚子ははっとする。

「そういえば聞いてないです……」

それでどう探すのかとなんとも言えない空気が流れたが、柚子は思い出す。

「龍が神器のことに詳しそうだったので、聞けば分かると思います」

「なら、龍からできる限りの情報を聞き出してこっちに教えてくれるかな？　その情報を元に調べてみるよ」

千夜からなんとも頼りになる答えが返ってきて柚子は心強く感じる。

「はい、分かりました」

龍は今この場にはいないので、屋敷に帰ってからになる。

神器がサクのために作られたなど、当時を知っている様子だったので、龍ならなにか分かるはず。というか、分からなければ完全に詰む。

神器というだけでそのものを探すにはさすがに限度があるのだ。

もしくは、再度神のもとを訪ねるしかあるまい。

「あやかしの本能を消してしまうなんて、神様は初代の花嫁を本当に大事にしていたのねぇ」

そんなことをつぶやきながら沙良が難しい顔をしていると、千夜がへらりと笑う。

「ていうか、その神器を使ったら玲夜君から逃げられるんじゃない？」

まだその話は続いていたのかと、しつこい千夜に柚子もがっくりとした。

「本能を消す神器ごときで俺が柚子を手放すなんてありませんから、そんなもの無意味です」

そう反論しつつ、玲夜は柚子を後ろから抱え込んだ。

「神器を見つけたら叩き壊すか……」

不穏な発言をする玲夜の声は本気のように聞こえる。

「そんなことしたら駄目だからね。頼まれたんだし、ちゃんと神様に返さないと」

苦笑しつつ冷静に柚子がツッコめば、玲夜はちっと舌打ちした。

本家での話し合いを終えた後、柚子は心配をさせた透子に会いに行くことにした。

玲夜はこのまま出社するらしいので、猫田《ねこた》家へ寄ってもらう。

猫田家を訪問したいと告げた時、一瞬玲夜は不安そうにするも、すぐに感情を隠した。

できれば柚子をそばから離したくないという気持ちがあからさまに出ている玲夜だったが、仕方なさそうに柚子を猫田家に送り、自分は会社へと向かった。

けれど、ちゃんと子鬼は一緒である。そうでなければ、いくら慣れた場所である猫田家でも行かせてはもらえなかっただろう。

子鬼たちの存在に感謝しながら玄関をくぐり透子に会いに行くと……。

「馬鹿柚子！」

と、出会い頭に罵声を浴びせられてしまった。

けれど、気分を害したりはしない。ひどく安堵した様子の透子を見れば、反論の言葉など出るはずもなかった。柚子は眉尻を下げる。

「ごめんね、透子」

「夜中に突然柚子がいなくなったって聞いて、どれだけ心配したと思ってるのよ。若様でも居所が掴めないっていうし、慌ててにゃん吉が家の人を動かしてくれたんだからね！　なのに、普通に帰ってきたって連絡があって、こっちは振り回されていい迷惑よ」

「お騒がせしました」

鼻息を荒くして怒る透子の言葉には、大きな優しさが含まれていた。

それだけ柚子の身を案じてくれたということだ。

自分はいい友人に恵まれたと、柚子はしゅんとしつつも顔には自然と笑みが浮かび、嬉しい気持ちが心を温かくする。

「にゃん吉君と蛇塚《へびづか》君もありがとう」

透子の部屋には、透子以外に猫田東吉《とうきち》と蛇塚柊斗《しゅうと》の姿もあった。

蛇塚は柚子が猫田家を訪れると聞いて、柚子の無事を確認するためだけに急いでやってきたらしい。

彼も柚子が行方不明と知り独自に人を出して捜索をしてくれていたようで、頭が下がる。

まったく、とんだ迷惑を方々《ほうぼう》にかけてしまった。今度会う機会があったら、必ず神には苦言を呈さねばなるまい。

神のせいでこれだけ多くの人に迷惑をかけてしまったのだから、ひと言文句をぶつけさせてもらっても許されるはずだ。

まあ、それはとりあえず置いておくとして、高道ときたら、いったいどれだけ多くの人に電話をかけたのやら。

先ほどスマホを見ると、学友である澪《みお》や芽衣からの通知が残っていた。どうやらふたりにも、柚子の行方を知らないかと尋ねたらしい。

ふたりにはそれぞれ電話をして無事であることを知らせたので問題はないだろうが、

芽衣からは少し叱られてしまった。

芽衣には再度文句を言われそうな勢いだったので、今回ばかりは甘んじて受けるしかない。

学校が始まるのが憂鬱だなと思う柚子に、透子が問いかける。

「それで？　どうして突然家出なんてしたのよ？　とうとう若様の独占欲が嫌になっ
て逃げ出したとか？」

「人聞きの悪い。家出じゃないよ」

今さら玲夜の独占欲程度で嫌になるはずがない。

そこはしっかりと否定しておいた。

透子も冗談のつもりなので、否定すれば素直に受け取られる。むしろ肯定された方
が反応に困るだろう。

「だったらどうして急に行方不明になんてなったのよ。私たちにはちゃんと説明して
くれるわよね？」

「うーん、どこから説明したらいいのか……」

突然神の存在が飛び出してきても許容されるか分からない。けれど、うまい説明の
仕方が思い浮かばなかったので、ほぼほぼ玲夜に伝えたのと同じ内容を話す。

目を覚ましたら社におり、そこで神に会って神器を探すように頼まれた。

話をぎゅっとまとめると、こんなところだろうか。

冗談を言って、と笑い飛ばされるのも仕方ないと想定していたが、神子の素質を持つ柚子といることで幾度となく不可思議な事態に遭遇してきた透子たちはびっくりするほどすんなり受け入れた。

「それは大変だったわね。神様のくせに自分で見つけられないわけ？」

「お前ってなんでそんな面倒ごとに巻き込まれるんだ？　一度お祓《はら》いしてもらった方がいいんじゃないか？」

「でも、神様が相手でお祓いは意味あるの？」

透子、東吉、蛇塚と、それぞれが真剣に頭を悩ませている。

その柔軟さに、本当に信じてくれたのかと逆に柚子が疑うほどである。

「信じてくれるの？」

玲夜ですら、神の存在をすぐに受け入れるのは難しかったというのに。

いや、玲夜は柚子を信じていないわけでも、神がいないと思っているわけでもなく、神が現実のものとして姿形を取り、接触をしてきたのが信じられなかったのだ。

あやかしといえども、神とは目に見えぬ遠い存在でしかないから。

それなのに透子たちの素直さといったら、きっと玲夜もびっくりだろう。

「いや、だって霊獣とか龍とか怨霊とか、これまで柚子の周りにいっぱいいたじゃない。神様も似たようなものでしょう？」

「え、一緒……かな？」

柚子は首をかしげる。

「一緒よ、一緒。ちょっとの違いしかないわよ」

平然とそんなことを言ってのける透子に尊敬すら感じるが、神をそこらの怨霊と一緒の扱いにしてしまうのはどうなのだろう。

しかもよりによって神が大事にするサクを死に追いやった怨霊と一緒にしたら怒るのではないか。

それにしても透子の懐が大きい。

あやかしという存在は知っていても、特に人間との違いが分からない透子。

人間とあやかしの違いを理解してはいても、あやかしの中ではそこまで強いわけではない、東吉と蛇塚。

撫子のように神との関係も深くないので、いまいち霊獣と神の違いが分かっていない。そんな無知から来る柔軟さが、柚子の話を受け入れる助けとなったのかもしれない。

「それにしても神器ねぇ……」

柚子から神器がどういうものか聞いた透子は難しい顔をする。

「なにか透子知ってる？」

「私がそんなの知ってるわけないじゃない。そんな便利道具があったことすら今知ったわよ。私が情報を持ってるとでも思ったの？」

「いや、念のためにと」

知らなくて当然であるとは柚子も分かっていた。

一応東吉と蛇塚に視線を向けるが、ふたりとも首を横に振る。

「どうやって見つけたらいいと思う？」

「そんなの私が分かるわけないでしょうが」

透子にあきれたような顔をされてしまう。

「だよねぇ」

花嫁とはいえ、ただの人間の透子に分かるはずがないのは柚子も承知の上だ。

しかし、柚子とて神子の素質はあれど、普通の人間。神様はなぜ柚子にそんな依頼をしてきたのだろうか。

玲夜か千夜、もしくは撫子を呼び出して頼んだ方がまだ可能性があるはずなのに。

もう少し詳しい話を聞きたいが、出てきてくれるだろうか。

そんなことを考えていると、蛇塚がぽつりとつぶやく。

「そんな神器があるなら、もっと早く知りたかった。俺も使いたい……」

その悲しみを含んだ切ない声に、柚子たちはかけるべき言葉を失う。

今でこそ白雪杏那《しらゆきあんな》という結婚を約束した雪女の彼女がいるが、もともと蛇塚には梓《あずさ》という花嫁がいた。

梓は蛇塚とは折り合いが悪く、結局ふたりが結ばれることはなかったが、梓を手放した時、蛇塚はひどく落ち込んでいた。

梓をあきらめてなお、あやかしの本能が梓を強く求めたのである。

これまでにも花嫁への執着心を消せるのならと、蛇塚は幾度となく考えたのかもしれない。

そんなものがあると初めて知った神器の存在に対する蛇塚の気持ちは少し分かる気がする。

蛇塚は今、梓をどう思っているのだろうか。

杏那という存在がいても、梓を忘れられず苦しんでいるのだろうか。

あやかしの本能が分からない柚子には、蛇塚の気持ちを慮ることができない。

梓の件でたくさん悲しんだからこそ、蛇塚には杏那と幸せになってほしいのだが……。

その場になんともいえない空気が流れて、気まずくなる。

それを吹き飛ばすように、あえてテンション高く声をあげたのは透子だ。

「あー！　そうそう。結婚式の招待状作ったのよ。ねえ、にゃん吉？」

「お、おう。そうだったな」

東吉も透子の意図を察して話を変える。

ふたりがそうするならと柚子も話に乗った。

「へぇ、楽しみ。ドレスはもう決めたの？」

「もちろん。和装もいいけど、やっぱりドレスが着たくて、かわいいカラードレスを選んだわよ。もちろんその前に着る純白のドレスもね。ふたりで考えて人前式にすることにしたのよ」

「わー、どんなドレスか見てみたいな」

「それは当日のお楽しみよ」

透子のおかげで空気ががらりと変わる。

透子は柚子と蛇塚に綺麗な封筒を差し出した。

「とりあえず、これ招待状ね。本当はもっと前に出すべきだったんだけど、日程が迫ってるから今渡すわね。柚子は若様と、蛇塚君は杏那ちゃんと一緒に来てよね」

「玲夜の時間取れるかな？」

一応玲夜には、料理学校の夏休みが明ける頃に透子の結婚式が行われると話していた。

透子は絶対に玲夜にも声をかけるだろうから、予定を開けておいてほしいとあらかじめお願いしていたので大丈夫だとは思う。

玲夜のスケジュール管理は秘書である高道が行っているので、後で確認しようと思いながら招待状を鞄《かばん》の中に収めた。

「僕たちも?」

「行っていい?」

子鬼たちがぴょんぴょん跳ねながら透子に問いかけている。

「もちろんよ。当日はちゃんと正装してきてね」

「あーい」

「あーい」

子鬼たちは嬉しそうにそろって手を挙げた。

正装するなら、また元手芸部部長の出番かもしれない。きっと子鬼たちに似合う服を作ってくれるだろう。

その様子を微笑ましく見ていると、透子が困ったように頬に手を当てる。

「ドレスは決まったんだけど、それに合わせたアクセサリーに悩んでるのよねぇ。いくつかお店を見たんだけど、ピンとくるものがなくてね」

「別に適当でよくないか? そんなに変わらないだろ」

「にゃん吉、今あんたは世の花嫁を全員敵に回したわよ」

東吉をギロリとにらむ透子に、同意するように柚子もうんうんと頷く。

「女性にとって……いや、男性もだけど、結婚式がどれだけ重大イベントだと思ってるの！　アクセサリーひとつとっても妥協はできないのよ！」

「あーい」

「やー」

透子の肩に登った子鬼たちが、その通りだと言わんばかりに彼女の言葉を援護する。

「けど時間も迫ってるんだから、早く決めねえといけないだろ」

「まあ、そうなんだけどねぇ」

透子は東吉を責めるのをやめて頭を悩ませる。

うーんと唸《うな》る透子を見ていると、柚子の頭にある人が浮かんできた。

「オーダーメイドしてみたら？」

「オーダーメイド？」

「そう。玲夜の友人の藤悟《とうご》さんていう人がアクセサリーを作るお店をやってるんだけどね、私の婚約指輪と結婚指輪もその人が作ってくれたの」

柚子は全員に見えるように左手をテーブルの上に置く。

婚約指輪と結婚指輪。ふたつの指輪をはめた薬指を、透子はまじまじと見つめる。

「あー、それって前に柚子が言ってた人ね。若様が指輪を作るためだけに勧誘して店まで建てたって」

「そうそう。その時はびっくりしちゃったけど、おかげで素敵な指輪を作ってもらったの」

「さすが若様は、やることがビッグだわ」

透子はなにか言いたそうにじーっと東吉を見つめるが、東吉は眉間に深い皺を作る。

「鬼龍院ならそれぐらい朝飯前なんだろうな。けど、羨ましくても俺には求めるなよ。そんな人材のあてなんてないからな」

釘《くぎ》を刺され透子はちっと舌打ちする。

もう母親なのだから、人前で舌打ちするのはどうかと思うが、柚子は気にせず話を続ける。

「玲夜が今後欲しいものができたら藤悟さんに作ってもらえって。だから透子も藤悟さんに頼んでみたら？　きっと素敵なアクセサリーを作ってくれると思うよ」

「でも、オーダーメイドなら時間がかかるんじゃない？」

「それは私には分からないから、一度相談だけでもしてみる？」

透子は少し考えた末に大きく頷いた。

思いついたら即行動が透子である。

翌日、あらかじめ連絡を入れてから、透子とともに藤悟の店を訪れた。

ガラス張りの壁からは店内が見えるが、明かりはついているのに誰もおらず、入口にはクローズの札がかかっている。

同じくガラスでできた扉の鍵はかかっていないようなので、声をかけながら中へと入った。

「すみませーん」

しかし誰の声も聞こえない。

もう一度、今度は先ほどより大きな声で店の奥へ向かって呼びかけると、ようやく返事があった。

「あー、今手が離せないからちょっと待っててくれるかぁ」

男性の声が奥から聞こえてくる。

ここは藤悟の他に女性の店員しかいないので、今の声は藤悟で間違いないだろう。

「分かりましたー」

仕方なく柚子と透子は店内で待つことに。

店内にはたくさんのアクセサリーが展示されている。

以前来た時よりさらに種類も豊富になって、見た目も華やかだ。眺めているだけでもテンションが上がってくる。

「藤悟さんて若様の友人なのよね？　若様にそんな人がいたってことにびっくりしてるんだけど」

展示してあるアクセサリーを見ながら、透子は率直な気持ちを口にする。

「だよね。私もびっくりしたけど、藤悟さんと話してる時の玲夜って、なんだか自然っていうか、気安いっていうか。とにかく仲いいのはすごく伝わってくるの。まあ、藤悟さんは撫子様の息子さんだから、立場的にも気楽に話しやすいのかもしれない」

すると、透子が「えっ！」と驚いた声をあげ、柚子を振り返った。

「撫子様の息子さんなの⁉」

「言ってなかった？」

「聞いてない！」

「そうだっけ？　ごめんね」

透子は途端にそわそわし出した。

「えっ、どうしよう。撫子様のご子息なんていう大層な方にオーダーメイドで作らせていいものなの⁉　分かんないんだけど、にゃん吉に相談すべき？」

オタオタする透子は平静さを失っている。

「透子、落ち着いて。藤悟さんはそんなことで怒るような人じゃないから。そもそもここはオーダーメイドもしてくれるお店なんだし、作ってもらったとしても、撫子様だって気にしないよ、きっと」

「そ、そうだといいんだけど……」

透子の旦那である東吉は猫又のあやかし。

猫又はあやかしの中では弱い分類に入るため、他のあやかしの機嫌を損ねないよう気を遣うことも多いそうだ。

そんな猫田家に嫁入りした透子だからこそ、藤悟が撫子の息子という情報には敏感に反応したのだろうが、取り越し苦労だと柚子は思う。

多く知っているわけではないが、玲夜とのやりとりを見た限りでは、藤悟は親の権力を笠《かさ》になにかするような人には見えなかった。

無用な心配をしながら店内をうろうろする透子を苦笑しながら眺めていると、藤悟が店の奥から出てきた。今日も変わらず髪を爆発させ、無精ひげを生やしている。

「花嫁ちゃん、こんちは〜」

清潔感という言葉とは無縁の藤悟の登場に、透子はびっくりしている。

きっと自分も最初に藤悟を見た時は同じような表情をしていたんだろうなと思いながら、彼に向かう。

「こんにちは、藤悟さん。今日、お店はお休みなんですか？」

「うんにゃ。花嫁ちゃんが依頼しに来るっていうから、急遽《きゅうきょ》休みにしたんだよー。玲夜からは花嫁ちゃんの依頼を最優先するように言われてるからさぁ」

「そうだったんですか。すみません！」

柚子は慌てて謝罪するが、藤悟が気にした様子はない。

「いいってことよ。雇われ職人はオーナーには逆らえないのが宿命なのさ」

藤悟はなぜかドヤ顔をするが、その見た目のせいで絶対に損をしている。

「てかさ、花嫁ちゃん家出したんだって〜？　玲夜とこの秘書がさ、俺のとこに花嫁ちゃんが来てないかってすごい剣幕で電話してきたんだけど、夜中にかけてくるなって伝えといてくれる？　その日めっちゃ寝不足になったし」

「すみません……」

まさか高道が藤悟にまで電話していたとは予想外だ。

藤悟とは親しくなるほど会っていないのだから、行方不明だとして彼が知っているはずがないだろうに。

それだけ高道も動揺していたということだろうか。おそらく駄目もとで電話したに違いない。

「ご迷惑おかけしました。でも決して家出ではないので、そこは勘違いしないでいただけるとありがたいです……」

「そうなの？　まあ、ちゃんと玲夜とうまくやってるならいいよ。俺も人様の事情に首突っ込むつもりないし。それより、連絡であったアクセサリーが欲しい子ってのはその子？」

藤悟の視線が透子を捉える。

「猫田透子です！　撫子様のご子息にお目にかかれて光栄ですぅ」

そう透子が笑顔でよいしょするも、やや口元を引きつらせている。相手は撫子の息子、ご機嫌を損ねたらマズイと警戒しているためだ。

「あー、そういうのいいから〜。母親は母親。俺は俺だからさ」

「は、はい」

藤悟の気にした様子のない言葉で若干透子の緊張が和らいだ気がする。

向かい合うと嫌でも緊張する撫子と違い、藤悟は常に気だるそうに緊張感の欠片《かけら》もない雰囲気なので、こちらもついつい気を抜いてしまう。

そこが彼のいいところなのかもしれない。

「じゃあ、椅子に座ってとりあえず聞いていい？　結婚式のドレスに合うアクセサリーが欲しいんだって？」

「そうです！」

それからは透子の独壇場だ。ひとつの妥協も許さぬというほどに出てくる要望を、藤悟が残さず拾い上げるようにデザイン画を描いていく。

「ここはこうで」

「ふんふん」

「あっ、そこはもう少し小さく」

「オーケーオーケー」

柚子はただ、ふたりのやりとりを見ているしかない。

数時間後、満足そうな透子と藤悟の姿と、ややお疲れ気味な柚子の姿があった。

正直柚子はなにもしていないのだが、手持ち無沙汰に待っているだけなのも疲労するのだ。

「結婚式に間に合いますか？」

「そうだなー。かなりギリギリだけど他の依頼を後回しにしたらいけるでしょ」

「いいんですか、そんなの」

柚子は心配になって問いかける。

いくら玲夜から柚子の依頼を優先しろと言われているとはいえ、他の客を待たせてまでというのは忍びない。

「平気平気。まだ開店したばかりで客が多いわけでもないし、玲夜に頼んで近々アシスタントも雇うから、余裕だろ」

「それならいいんですけど」

横を見ると、藤悟の描いたデザイン画を持って嬉しそうにしている透子がいる。どうやら透子の希望の品ができそうなようだ。

そして透子が値段の話を出すと、藤悟からは「いらない」という答えが返ってきた。

これに透子は困惑する。

「花嫁ちゃんが来るって連絡の後、玲夜からも電話があって、結婚式の祝いだってさ」

「若様……」

透子は目をキラキラ輝かせて感激している。

「やっぱり若様はさすがだわ。今からにゃん吉と交代したい」

さすがにそれを聞いたら東吉がショックを受けそうだ。

だが、喜んでもらえたなら玲夜も嬉しいはずだ。

柚子も、柚子の友人を大事にしてくれる玲夜の振る舞いにほっこりとした。


その日の夜、玲夜が仕事から帰ってくると、透子の話になった。

「玲夜、透子の結婚式の日は予定空けられそう？」

本当は招待状をもらった昨日聞きたかったのだが、玲夜の帰りが遅くて柚子の方が先に寝てしまったのだ。

柚子が招待状を見せながら問うと、玲夜は書かれている日にちを確認する。

「ああ、この日なら問題ない。後で高道にも空けるように伝えておく」

「よかった」

ほっとする柚子は、早速招待状の参加の文字に丸を書いた。

「そうそう。透子が玲夜にお礼言ってたよ」

「そうか」

言葉こそ単調だが、玲夜は微笑んでいる。

「透子喜んでた。ちょっと要望が多かった気がするけど」

苦笑する柚子は、要求が止まらない透子の口にあきれ返るほどだった。

「かなりの大作ができるって藤悟さんがやる気をみなぎらせてたのが救いかも」

「あいつなら問題なく最高のものを作るだろ」

柚子は玲夜のその言葉に「ふふふっ」と小さく笑う。

笑う意味が分からないのか、玲夜は不思議そうな顔をした。

「なんだ?」

「ううん。藤悟さんのこと信頼してるんだなって」

するると、微笑ましげな柚子とは正反対に、玲夜は苦虫を噛みつぶしたような顔をした。少々不服なようだ。

「ただあいつの腕を信用しているだけだ。信頼じゃない」

ツンデレのような発言に、柚子はおかしそうにクスクスと笑った。

柚子にとって玲夜は、とてもかなわない大人な人であるが、藤悟が絡むと年齢が下がったように感じて新鮮だった。

玲夜にも学生の頃のようなノリの時代があったのだろうと思わせてくれる。

「藤悟さんにはちょっとジェラシー感じちゃう」

「どうして柚子があんなのに嫉妬するんだ？」

「私が見たことのない玲夜をたくさん知っていそうなんだもの」

同級生のふたり。それは、玲夜にもかくりよ学園に通っていた時があったということで、大人の玲夜しか知らない柚子にとっては未知の領域だ。

玲夜と同級生だった藤悟がすごく羨ましい。

「もし私が玲夜と同級生だったら、一緒に勉強したり昼休みを過ごしたり、放課後デートしたりできていたのにな」

残念がる柚子の妄想が膨らむ。

「まったく。なにを言うかと思えば……」

あきれたような顔をする玲夜は、柚子を包み込むように腕に抱く。

「誰よりも俺を知っているのは柚子だけだ。藤悟なんかと比べるまでもない」

藤悟が聞いたら悲しがりそうな冷たさである。

いや、藤悟も結構あっさりした性格のようなので、逆に同意するかもしれない。

そんな藤悟の性格もあるから、玲夜も他人には見せない一面を藤悟には見せているのかもしれないなと、柚子は推測する。

「まさかと思うけど、高道さんの時みたいに学校でよからぬ噂になってたり――」

「するわけないだろ」

迷わず否定してくれて、ちょっとほっとした柚子だった。

少々語気が強まった玲夜の機嫌を察した柚子は、これ以上刺激するのはよくないと、早々に手を引く。

引き際を見誤ると、たとえ柚子でも後が怖いことになるので見極めが肝心だ。

まあ、玲夜が柚子に対して傷付けるような真似をすることは絶対にありえないと断言できるので、その点は安心だ。

「放課後デートとはいかないが、出かけるならこれからだってできるだろう？」

「それはそうだけど。玲夜も同じ学生ってのが重要なんだもの」

「そうか。さすがの俺でも時間を巻き戻すのは無理だな」

玲夜はクスクス笑う。

「時間は戻せないが、デートなら今の俺でもできるぞ」

「うん。デートに行きたいな。夏だから、きっとお祭りとかあるだろうし、花火も見たいかも」

「そうだな。高道に予定を空けるように言っておこう」

柚子の頭の中に、高道が眉間にしわを作って玲夜のスケジュールとにらめっこしている顔が浮かんだが、気付かなかったことにした。

玲夜は柚子を抱きしめたまま柚子の左手を取り、指輪のはまった薬指にキスを落とす。

「ついでに藤悟のところでなにか注文してきてもよかったんだぞ？　藤悟にもそう言うように伝えていたし」

「ううん。藤悟さんには透子のアクセサリーを頑張って作ってもらいたいし、私にはこれがあるから十分」

柚子は先ほど玲夜がキスをした薬指の指輪をそっと撫でた。

玲夜が自分のために用意してくれたふたつの指輪。

それがあれば他の宝飾品なんて必要ないと心から思える。

玲夜からもらったものはすべて宝物だ。

昔、玲夜から十八歳の誕生日にもらったネックレスも、大事に大事にとってある。

壊すのが怖くてしまいっぱなしになっているのが残念でならないが、指輪と同じくらいなくしたくないものなので仕方ない。

玲夜は最初こそ柚子が気に入らなかったのではと勘違いしていたようだが、とんでもない。

逆に大切すぎて身につけられないのだと必死になって訴えたら分かってもらえた。

玲夜といると、ひとつ、またひとつと大切なものが増えていく。

なくしてしまわないかと怖くなるのと同時に、心が満たされるのだ。

玲夜と出会って強くもなり弱くもなったと感じる。

柚子はそんな自分が案外嫌いではなかった。

三章

その日柚子は自分の部屋でひと息ついていた。

玲夜の帰宅まではまだ時間がある。どうしようかと考えていると、子鬼たちが閉めてあった窓を開ける。

「あーい」

「あいあい」

「子鬼ちゃん、どうしたの？」

子鬼は外を見ており、不思議に思っていると、窓から龍が入ってきた。

ここ数日、龍はちょくちょく姿を消し、あまり柚子のそばにいなかった。

屋敷内にいるようでもなかったので外に出ていると分かっていたが、どこへ行っているのかまでは知らなかった。聞こうにも本人がいないのだ。

それはまろやみるくも同じである。

二匹とも普通の猫ではない霊獣の上、ごはんの時には帰ってくるので気にはしていないが、龍に神器について詳しく聞こうにもいまだにできずにいる。

柚子としては早々に神からの依頼を果たすべく、神器についていろいろと質問したいのだ。

神器に関する情報は玲夜と千夜も待ち望んでいるので、あまり後回しにしたくない。

神に問うのが一番早いのだろう。

しかし、猫田家へ出かけた帰りに社へ寄ってみたが、神は柚子の前に現れてはくれなかった。

桜の気配もなく、実は夢だったのではないだろうかと疑いたくなってくる。

昼間だったからいけなかったのだろうか。

柚子が呼び出されたと同じ真夜中に見に行けばもしかして……という考えが頭をよぎるも、玲夜が夜中に出かける許可を出してくれると思えない。

それとも、神と会うためなら許してくれるだろうか。そこは聞いてみねば分からない。

しかし、現れるかどうか分からない存在に頼るよりは、確実に情報を持っている龍に聞くのが一番手っ取り早い。

ようやく帰ってきた龍を逃がさぬというように、柚子はその胴体を鷲掴《わしづか》みにした。

『のあぁぁ！　なにをするのだ、柚子!?』

「文句を言いたいのは私の方よ。いったいどこに行ってたの？　ここ最近姿が見えなくて困ってたんだから」

ここぞとばかりに不満をぶつける柚子だが、龍はなんのことか分かっていない様子。

『なにかあったのか？』

「神器のこと。あなたにいろいろと聞きたいの」

『お～、なるほど』

合点がいった顔をする龍をひとまずテーブルの上に乗せて、柚子はソファーではなく、龍と目線を合わせるように床に座る。

「今までどこに行ってたの？」

『あの方のところだ。ようやっと目覚めたのでちょくちょく様子を見に行っておったのだよ』

「神様は姿を見せた？」

『いいや。ずいぶんと長く眠りにつかれておったからなあ。まだ力が安定しないようだ。人間でいうと寝ぼけているといったところか』

神とは寝ぼけるのか？　いや、龍は柚子に分かりやすいように表現してくれているだけだろう。

どっちにしろ、神が現れなかったというのは残念なお知らせである。ならば今はとりあえず、龍から情報を仕入れるしかない。

「いろいろと聞きたいんだけど、神器ってどんな形をしているの？　大きさはどれぐらい？」

『分からぬ』

烏羽家の人に渡すぐらいなのだから手で持てる大きさであるのは想像に難くない。

「は？」

柚子は素っ頓狂な声をあげた。そして、龍を両手で力いっぱい握りしめる。

「分からないってどういうこと!?」

『ぎゃあぁぁ！　強い。掴みすぎだ、柚子！』

「そんなの今は気にしてる場合じゃないの。分からないってなに？　あなたは神器が烏羽家に渡された時のことを知ってるんじゃないの？」

当時を知る生き証人。これほど確かなものはないはずだ。

『うぐ……。苦しい……』

ぐてっとなった龍に、子鬼たちが慌てて駆け寄ってくる。

「柚子〜」

「龍が危ないよ〜」

はっとした柚子は少し握る力を弱めた。霊獣である龍が、人間の握力程度でやられるわけがないだろうに。

少々大げさな龍から手を離さないまま、再度問いかける。

「それで、どういうことなの？」

『柚子はだんだん我の扱いが雑になってきておらぬか？』

グチグチと文句を言いながらも、龍は神器について教えてくれる。

『神器とは神が作った神気の塊で、決まった形があるものではないのだ。神が烏羽の当主に渡していた時、神器は水晶でできた数珠のようだった。だが、使う時は剣にもなる。他にも扇、笛、玉……と、いかようにも形を変えるのだ』

「……神様はそんなものを探せと？」

『うむ』

柚子は一気に脱力した。どんな無理ゲーなのだ。

『あれからずいぶんと時が経ち、今はどんな形をしているか、我でも想像がつかぬ』

「他になにか、これが神器だっていう見分け方はないの？」

『ある。あの方の神気から作られたものゆえ、神器からはあの方の力が感じ取れる。だからこそ、あの方は鬼龍院ではなく柚子に頼まれたのだろう。神の力に気付ける神子の素質を持った柚子に』

「神様の力……」

それは社がある場所で感じる澄んだ雰囲気のことだろうか。撫子の屋敷を訪れた時も、とても神聖な空気に身を包まれているようだった。

あれが神気なら、確かに神器を探すのは柚子が適任だろう。透子には分からなかったそれを、柚子なら分かる。

「でも、どの辺りにあるか見当もつかないのに。広いこの世界のどこにあるかなんて……」

『いや、神器を使用された可能性がある者がひとりおるであろう』

「……あっ」

少し考えた末に柚子は声をあげた。

芽衣にとつきまとっていた風臣だ。

あれだけ花嫁と言っていたのに急に興味をなくした風臣は、神器を使われた可能性が大いにある。しかも神も同じことを言っていたではないか。

ならば、風臣の行動範囲を調べればいい。

まだ風臣の執着が見られた借金を返した後から、芽衣に会って間違いだと言うまでの間、どこに行き誰に会ったかを。

「玲夜なら分かるかな」

『そやつには監視を置いていたようだし、すぐに行動を知れるのではないか？』

龍の言葉に、可能性が見えてきたと柚子は喜んだ。

そして、仕事から帰ってきた玲夜にすぐさま相談する。

「なるほど、それならかなり範囲を狭められる」

玲夜は高道に連絡し、風臣の詳細な行動記録を送るように頼んでから……。

「お手柄だな、柚子」

そう微笑んで柚子の頭を撫でた。

『助言したのは我なのに……』

部屋の隅でうじうじしている龍を、子鬼たちが慰めている。

風臣の行動を記した書類は、夕食を食べる頃には届いた。

さすが高道である。仕事が早い。

いったん箸を置いて内容を確認する玲夜は、次第に眉間の皺を深くしていく。

「なにか分かった?」

「確かに行動と奴が会った者の記録は書かれているが、少し厄介だな……」

「なにが?」

「奴は疑わしい期間に、あやかしのパーティーに出席している。そこで多くの人物と会っているので、特定はかなり難しいかもしれない」

そのパーティーとは、玲夜が風臣を牽制《けんせい》するために出席したパーティーではなかろうか。

「そういえば、そのパーティーの翌日だったかも。昨日鎌崎《かまざき》がやってきたって私が芽衣から聞いたの。間違えたって言われたって」

おぼろげながらに覚えている。

つまりはパーティーのあった日、それもパーティーが終わった後に芽衣に会いに行ったことになる。

「もしかしたら、そのパーティーでなにかあったかもってこと？」

「まだ、その可能性が高いというだけだ」

柚子は玲夜から一枚の紙を渡される。そこにはずらりと名前が書いていた。

「これは？」

「当日のパーティーの出席者名簿だ。気になる人物はいないか？」

「そう言われても……」

それなりの人数が出席していたようで、柚子にも覚えのある名前をいくつか発見した。

けれど、それだけ。名前を見ただけで、この人が疑わしいと名指しできるものではなかった。

柚子は玲夜に紙を返しながら首を横に振る。

「分からない。ごめんなさい……」

役に立たないのがもどかしい。

「いや、これだけの情報で見つけられるとは俺も思っていないから、柚子が気にする必要はない」

「うん……」

玲夜に慰められてしまうが、こんな調子で見つかるのかと柚子は心配になってきた。

すると、玲夜は突然話を変える。

「柚子、明日パーティーがあるから、一緒に参加してくれないか?」

「パーティー?」

「ああ、急用ができた父さんの代わりに、急遽参加することになったんだ」

玲夜が千夜に代わって会合やパーティーに出席する機会はよくあった。

鬼龍院グループの社長をしている玲夜と違い、千夜はいったいなにをしているのだろうかと疑問に思うことは多々ある。

しかし、千夜は千夜でそれなりに忙しいらしい。

「私は夏休み中だし、特に予定はないから大丈夫」

「ならいい。そのパーティーには、先ほど見せた名簿に載っていた人物が幾人も出席する」

柚子ははっと玲夜の顔を見る。

「もしかしたらなにか収穫があるかもしれない」

「うん」

そこで手がかりが掴めるかは分からないが、出席するだけの価値は大いにありそうだ。

　そして迎えた当日。

　柚子は淡い水色のワンピースを着てパーティーに臨んだが、残念ながら子鬼たちと龍はお留守番である。

　今回はあやかしが多く出席するパーティーだ。あやかしには仕事で成功した者が多くおり、自然とお金がかかった華やかなものになる。

　そういう場に玲夜の付き添いで何度か出席した経験のある柚子は、さすがに驚いたりしなくなったものの、やはり豪華さに気後れしてしまう。

　緊張した様子の柚子を見てクスリと笑う玲夜にじとっとした眼差しを向ける。

「笑わないでよ。桜子《さくらこ》さんみたいに堂々とはいかないもの」

「桜子のようにする必要はない。柚子は柚子らしくあればいい」

「私らしくしてたら絶対に鬼龍院に恥をかかせちゃうから駄目」

　なにせ柚子の実態は小心者の庶民である。せめて取り繕うぐらいしなくては。

「俺がいるだろう？」

　柚子しか目に入っていないとばかりに柔らかく微笑む玲夜に柚子は頬を染めるが、外野からも押し殺した女性の悲鳴が起こる。

そっと視線を移動させると、先ほどの玲夜の微笑みにノックアウトされた女性たちがクラクラしていた。

気持ちは大いに分かるが、自分だけの玲夜を横取りされたようで、ちょっと嫉妬してしまう。

そんな自分に柚子は苦笑した。

「柚子、とりあえず挨拶をしていくが、なにか気になる点があったらすぐに俺に教えてくれ」

「うん。分かった」

神器の持つ神気は神子の素質がある柚子でないと分からないので、柚子の感覚だけが頼りである。

柚子は意識を集中させながら、ひとりまたひとりと挨拶を重ねていく。

けれど、今のところ神気を感じるどころか、変わった様子もない。

そして、次、となった時、柚子は見知った人と出会う。

「穂香《ほのか》様……」

初めて出席した花茶会で会った、穂香だ。

花茶会が逃げ場だと訴え、結婚を喜ぶ柚子に噛みついてきた彼女とは一度しか会っていないが、記憶に強く残っていた。

花嫁であることを喜ぶ柚子とは違い、息苦しさを感じている様子だった。

隣にいるのは彼女の旦那だろうか。

ニコニコとした微笑みを携えており、人当たりはよさそうに見える。

「おや、玲夜様の奥方は私の妻を覚えていてくださいましたか？」

「は、はい。もちろんです。花茶会でいろいろとお話をさせていただきましたので」

柚子の口から『花茶会』という言葉が出ると、穂香の旦那は顔をしかめる。

「花茶会、ですね」

なにやら棘を感じるのは柚子の気のせいだろうか。

「鬼龍院様の奥方や狐雪様のなさることを非難したくはないのですが、花茶会などというものは早々に解散させてほしいものです」

険のある物言いに柚子は首をひねる。

「なにか問題でもありますか？　花嫁たちが気楽に過ごせる素敵な会だと思いますが」

「素敵……。本当にそうでしょうか。無理やり旦那から花嫁を引き離してしまう、忌むべき茶会です。私は彼女が自分の目の届かぬところに行くのが心配でならないというのに、その気持ちも無視して、花嫁だけの集まりだと言って旦那を排除する。そんな茶会が本当に必要なのか疑わしくてなりません。玲夜様もそうはお思いになりませんか？」

口を挟ませずとうとうと語る穂香の旦那には、隣にいる穂香が見えていないのだろうか。

その顔には〝無〟だけがあった。

怒りも悲しみも喜びも感じていない、あきらめきった表情。自分の肩を抱き引き寄せる旦那の手に抵抗もせず、かといって受け入れているようにも見えない、されるがままの姿は、人形のように意思を感じさせない。

「一族にとっても大事な花嫁は、屋敷の中で旦那の目の届くところにいなければ。彼女は私しか必要としない。私も彼女以外いらない。花嫁とはそうあるべきだ」

穂香の旦那は心の底から本気でそう思っているのだろう。

疑いすらしていない言葉に、柚子はなんとも言えない気持ちになりながら玲夜を見上げる。

以前に透子にも、花茶会で会った他の花嫁にも、自分は恵まれていると告げられた言葉が頭をよぎる。

確かに目の前の彼を見ていると自分はかなり自由にさせてもらっていると柚子は自覚する。

穂香がもっと花茶会に出席したいと撫子に訴えていた理由がよく分かった。

愛だと言えばそれまでだが、かごの鳥のようにまるで飼い殺しにされているみたいだ。もし自分が玲夜以外の花嫁だったら今の自由がなかったのかと考えると、他人事と切って捨てることはできない。

「花茶会は花嫁に必要なものだ。俺は別に柚子を鳥籠の中に閉じ込めて鑑賞したいわけではない。柚子が柚子らしく生きている姿が好きなんだ。生きながらに死んだ顔が見たいんじゃない」

「玲夜……」

毅然《きぜん》とした玲夜の姿に感激する柚子とは違い、穂香の旦那が気圧される。穂香も目を大きくして玲夜を見つめていた。

「そ、そうですか。……まあ、花嫁への考え方は人それぞれですからね」

引きつった笑顔で無理やり話を終わらせると、彼は別の話題へと変える。

「そうそう。そういえば、以前に玲夜様と話をしていた鎌崎という方ですがね……」

柚子と玲夜はぴくりと反応する。

「自分の花嫁だと思っていた者が花嫁ではなかったというんですよ。そんな間違い、起こり得るものなのでしょうかね？　玲夜様はどうお考えになりますか？」

穂香の旦那はなにか意図したわけではなさそうだが、ここで風臣の話が出るのは予想外だった。

すると、それまで黙ったままだった穂香が口を開く。

「旦那様、それは本当でしょうか？」

「いや、どうせデマかなにかだろう。あやかしが花嫁を間違うなど、神のいたずらでしかあり得ないからね」

ははは っと軽快に笑う穂香の旦那を前に、柚子と玲夜は言葉を失う。

穂香の旦那もまさかその通りだとは思うまい。

いや、わざわざこんな話を出すなんて、彼が神器を持っているのではとちょっと疑う。

「柚子。なにか感じるか？」

玲夜も同じ考えだったのか、耳打ちするその声を聞きながら、柚子は目の前にいる穂香の旦那に集中する。しかし、感じるものはない。

「なにもない、と思う……」

柚子は自信なさげに答えた。

「そうか」

「でも……」

なんだろうか。この言い知れない気持ち悪さは。

喉に小骨が引っかかったような不快感。あともう少しで手が届きそうなのに届かないようななにか。

　ふと穂香を見ると、顔を俯かせ小さく笑っていた。

　きっとそれが見えたのは柚子だけだろう。その様子に違和感を覚えるも、特に何事も起こらぬまま、ふたりは去っていった。

　柚子は先ほどの穂香が気になった。

「柚子？　なにかあったか？」

「ううん、なんでもない」

　穂香が笑っていたからなんだというのだ。別におかしなことではない。

　柚子は穂香を気にしつつも、口には出さなかった。


　パーティーが行われてから一週間ほど経ったある日、柚子のもとに花茶会の招待状が届いた。今回もお手伝いとしての参加要請だ。

　柚子はほとんど考える時間も取らず、狐の折り紙に参加を告げた。

　トテトテと歩いて消えていく狐を微笑ましく見送ってから、花茶会に参加する旨を玲夜に報告へ向かった。

　それを聞いた玲夜は少しだけ不満そう。

「最近はずいぶんと頻繁に行われているんだな」

「そうなの？　花茶会がどれぐらいの頻度で行われるものなのか私はまだ知らないか

ら、なんとも言えないんだけど」

「母さんも妖狐の当主も、早く柚子に仕切れるようになってもらいたいんだろ」

「まだ先は遠そうだなぁ」

柚子には花茶会を仕切る自分の姿が想像できなかった。中心にいるのが桜子だったなら、想像もたやすいのだが。

しかし、主家の妻である柚子をおいて、仕える立場の桜子が出しゃばるなどあり得ない。

そんな下手をする桜子ではないだろう。

なので、柚子がどうにか沙良と撫子から仕切り方を吸収して、覚えるしかないのである。

「うーん……」

自分にできるだろうかと不安は尽きない。思わず唸る柚子の腕を引いて、玲夜はあぐらをかいた足の上に柚子を座らせる。

自然と近くなる玲夜との距離に、柚子はドキドキする。結婚したからといって、玲夜を前に心がときめくのは結婚前と変わらない。

「柚子のペースで頑張ればいい」

そう微笑んで柚子の頬にキスをする玲夜。

どこまでも優しく蕩《とろ》けるように甘やかすので、柚子はついついすがってしまうのだ。

「ほんと玲夜は私にもっと厳しくした方がいいと思う」

不満だけど不満じゃない。この相反する気持ちをどう説明したらいいだろうか。

「柚子はしっかり頑張ってるからな。そうじゃなければ俺も厳しくしている」

「……ありがとう」

注意しても玲夜が柚子を甘やかすのは変わりないようだ。

玲夜の優しさに報いるように頑張るのが柚子のできることだと気合いを入れ直した。


そして挑んだ花茶会。

沙良と撫子を中心につつがなく進行する中、柚子は他の花嫁から驚愕《きょうがく》の話を聞く。

「えっ！　穂香様が離婚されたんですか⁉」

人違いかと思ったが、間違いなく柚子の知る穂香だという。

「そうらしい。聞いた時はわらわも驚いたが、事実のようじゃ」

撫子のことなので、きちんと確認したに決まっている。それなら信じざるを得ない。

「あやかしと花嫁の離婚なんてあまり聞いたことがありませんのにね」

「それにほら、穂香様の旦那様は、あやかしの中でも特に執着が強かったですのに」

「ええ。花茶会に出席させることすら難色を示されるほどでしたよね」

「そんな方がよく穂香様を手放されたものです。とても考えられません」

誰もが信じられないのか、穂香に関する会話が止まらない。彼女たちは花嫁だからこそ、あやかしの執着をよく知っている。

一度結婚してしまえば、離婚したいと望んでも、あやかし側が受け入れるなんて奇跡に近い。柚子のように外で働くのを許されること自体めったになく、それゆえ私財もなければ社会経験もない。

そんな花嫁が離婚したとしても外の世界で生きていくのは難しいため、泣く泣く離婚できずにいる者は少なくないようだ。

だからこそ穂香の離婚は、花嫁たちに大きな衝撃を与えた。

だが、この場にいる花嫁の中で柚子が一番驚愕しているかもしれない。

花嫁に執着するあやかしが離婚に応じるなんて。しかも、一週間前に柚子は穂香が旦那と一緒にいる姿を見たばかりだ。

穂香の旦那から感じた病的なほどに強い執着心は、たった一週間で変わるようなものとは思えなかった。

柚子の頭をよぎったのは、もちろん神器である。

もし神器によってあやかしの本能が消されたのなら、離婚になったとしても合点がいく。

風臣が突然芽衣への興味をなくしたように、穂香に興味がなくなったとすれば、説明がつく。

柚子は静かに撫子の背後に回り、周りに聞こえないように囁く。

「撫子様、花茶会が終わった後、お時間をいただけるでしょうか？」

「かまわぬよ。わらわからも話があるのでのう」

扇で口元を隠しながらの撫子から了承の言葉をもらった。

撫子には先日柚子が行方不明になった時に捜索をしてくれた礼もまだだった。

もちろんその日のうちに礼状は送っておいたが、こうして顔を合わせているのだから直接感謝を伝えるのが礼儀だろう。

しかし、他の花嫁もいる場でする話ではないと、もともと花茶会の後に時間をもらうつもりでいた。

神や神器についても、撫子には話していいと千夜に承諾をもらっているので、諸々話す予定ではあった。そこに穂香の件が加わるだけである。

もし撫子の力も借りれれば神器の捜索が進展するかもしれない。

いまだ行方知れずの神器は、鬼龍院の権力を持ってしても捜索は難航していた。

穂香の件が神器を探す手がかりになるといいのだが。

早く茶会を終えて撫子と話したいのをそわそわしながらこらえていると、花嫁しか参加できないこの場に、突然男性が入ってきた。

柚子だけでなく、他の花嫁たちも驚いたようで目を大きくして固まった。

白銀の髪に整った容姿は、撫子とどことなく似ている。

困惑する一同の中で、撫子は今にも舌打ちしそうな表情で男性をねめつけた。

「藤史郎《とうしろう》。なにゆえここに来たのじゃ。そちを呼んだ覚えはないぞえ」

「菜々子《ななこ》を迎えに来ただけです」

藤史郎と呼ばれた男性は、花嫁の中のひとりに目をやる。

菜々子と呼ばれた彼女は、柚子とは今回の花茶会が初対面だ。

口数が少なく、どちらかというと自分から発言するより人の話を聞いて小さく笑っている方が多い彼女への感想は、『大人しく淑やかな人』である。

そんな彼女が、男性が姿を見せるや先ほどまでの柔らかな表情から一変して、憎々しげな表情を浮かべているではないか。

柚子が困惑していると、桜子がそっと教えてくれる。

「あの方は狐雪藤史郎様です。撫子様の一番上のご子息で、菜々子様の旦那様でいらっしゃいます」

柚子は声を出しそうになったのをなんとかこらえ、驚いた。

撫子の息子というには撫子と変わらぬ年齢のように見える。

撫子が特別なだけなのか、千夜といい沙良といい撫子といい、見た目が若すぎる。

「では、菜々子様は撫子様の義理の娘になるんですか？」

柚子も桜子のように声を落として問いかける。

「ええ。そうなります」

そこで柚子は思い出す。

撫子の息子ということは、藤悟の兄である。

藤悟は以前、長男が一番撫子に似ていると言っていた。確かにじっくり見てみると、顔立ちだけでなく、髪や目の色までそっくりだ。

藤史郎は、やや高圧的な様子で菜々子のそばまで行くと無理やり腕を掴んだ。

「いやっ」

菜々子が藤史郎の手を振り払おうと動く。

「藤史郎！」

撫子も窘めるように息子の名を呼ぶが、藤史郎は菜々子の腕を掴んだままだ。

「もういいだろう。十分花茶会を楽しんだはずだ」

「まだ終わっていないわ」

菜々子は必死に逃れようと腕を動かすが、人間の、それも女性の力ではあやかしに到底かなわない。

ますます撫子の顔が怖くなっていく。

「藤史郎、やめよ。たとえ息子のお前といえども、わらわの茶会を汚すことは許さぬ」

「母上は黙っていてください。そもそも俺はこの花茶会には反対なんだ。別に他の花嫁が参加するのは止めませんが、菜々子まで巻き込まないでいただきたい」

「その菜々子が参加を望んでおるのじゃ」

玲夜にも負けぬ威圧感を自分の息子にぶつける撫子は、はっと息をのむほどに美しい。その場は完全に撫子に支配されていた。

にもかかわらず撫子の横でニコニコと微笑んでいる沙良は大物だ。さすが鬼龍院当主の妻を務めるだけあると感心する。

さらには撫子が作り出した空気が、菜々子を後押ししているようにも感じた。

「お義母《かあ》様の言う通りよ。あなたはいつもそう。私の意見を無視して、勝手なことばかり言って。花茶会に出たいと願ったのは私の方よ。他の方々に迷惑をかけないで！ここは花嫁のためのお茶会。部外者は出ていってちょうだい！」

大人しそうな第一印象から打って変わって自分の意思を強気に伝える菜々子に、柚子だけでなく菜々子の旦那である藤史郎も驚いた顔をしている。

菜々子のあまりの剣幕に、言葉も失っているようだ。

「よう言うた。それでこそ我が娘じゃ」

撫子は満足そうに笑みを浮かべてから、一瞬でその笑みを消して、閉じた扇を藤史郎に突きつける。

「聞いたか、藤史郎？　ここでそちは招かれざる客である。即刻部屋から出ていけ」

撫子の静かな怒りに、藤史郎は今にも舌打ちしそうなほど顔をしかめる。そして、一拍の後に己を落ち着かせるように小さく深呼吸した。

「……分かりました。今回は引きます。しかし、俺が認めていないことは心に留め置いてください。たとえ母上といえども、花嫁を奪う権利はない。俺の許可なく菜々子を外に出すのは許しません」

「そちの許可など必要としておらぬわ」

しっしっとハエでも払うように手を動かして、撫子は藤史郎を追いやる。

藤史郎が部屋からいなくなると、なんとも言えぬ空気が流れた。

「皆様にはご迷惑をおかけして申し訳ございません」

菜々子が立ち上がると深々と頭を下げた。

「わらわからも謝罪を。わらわの愚息が騒がせた。許しておくれ」

「いいえ、そんな！」

「謝罪など不要ですわ」

「ええ。菜々子様も頭をお上げになって」

撫子にまで謝られては、逆に花嫁たちの方が気を遣う。

「撫子ちゃんのところも大変ねぇ」

ほのぼのと笑いながらそんなことを言う沙良は、完全に他人事だ。

撫子は苦笑いする。

「藤史郎も、若ほどの懐の深さがあれば少しはマシなのじゃがな」

「うふふ。撫子ちゃんに褒められていたって玲夜君に伝えておくわ。苦い顔をされるだけだろうけど」

「やれやれ。あやかしの本能とは、ほんに面倒臭いものよの」

撫子が花嫁たちを見回すと、おかしそうに笑う者、苦笑いする者、苦虫を噛みつぶしたような顔になる者とさまざまだ。

「お義母様……」

菜々子が眉尻を下げて撫子に目を向ける。困ったように、今にも泣きそうな顔で。

「そちの味方をしてやりたいところだが、わらわは藤史郎だけが悪いとは思うておらぬ。そちももっと話し合いをするべきではないかと思うぞ。藤史郎の花嫁となることを選んだのはそちの意思であったのだからな」

「はい……」

しゅんと肩を落とす菜々子は静かに椅子に座った。

その様子に、撫子と沙良は目を見合わせて苦笑するのだった。

旦那の惚気話《のろけ》をする者もいれば、菜々子のようにうまくいっていなそうな夫婦もいるのをその目で見て、柚子も複雑な表情になる。

「桜子さん。私、とても花嫁の方たちを仕切る自信がないです……」

柚子の心からの叫びであった。

「大丈夫ですよ。柚子様ならなんとかなります」

なんの確信があってそんなことを言うのか、桜子は自信満々にニコリと微笑んだ。

花茶会が終わった後、柚子はあらかじめ約束していた通り、撫子と話し合う時間を作ってもらった。

その場には沙良も桜子もおらず、撫子とふたりきり。撫子を前にするとどうにも緊張してしまう。

撫子といるのが嫌なわけではない。いい意味での緊張感だ。

女性でありながら当主として一族をまとめ、誰よりも強い存在感と艶やかさ、独特な空気を持つ撫子には憧憬すら浮かぶ。

とても超えられるとは思えない人。お手本にしたい桜子とはまた違った憧れである。

「今日は騒がせてしまったのう。愚息に驚いたのではないかえ？」

「えっと、す、少しだけ……」

取り繕ったところで撫子にはお見通しだろうと、柚子は素直な感想を述べた。

撫子は別に怒りはせず、むしろ楽しげに笑う。

「ほほほっ、ほんに柚子は素直な子じゃのう」

「すみません……」

「よいよい。それが柚子のよいところじゃ」

一通り笑い終えると扇をパチンと閉じ、やや困り顔で口を開いた。

「わらわには三人の息子がおってのう。三人ともなんとも個性的かつ自由に育ってしまった……。特に三男の藤悟ときたら……」

やれやれというように撫子は扇で頭を押さえた。

撫子は柚子が藤悟と面識があると知っているからこそ彼の話題を出したのだろう。

困り顔の撫子の、言葉に出さぬ本音がなんとなく伝わってくるようだ。

柚子はあえて口をつぐんだ。

「その中でも、先ほど姿を見せた長男の藤史郎は常識人に育ったと思っておったのだが、花嫁を得て花嫁中心の生き方に変わっていきおった。まあ、花嫁を迎え入れること自体は一族としても喜ばしいのじゃが、花嫁を得たあやかしは限度というものを知らぬ。花嫁が大事なあまり、少々やりすぎるのじゃよ」

撫子は、はぁとため息をつく。

「わらわが花嫁はまるで呪いのようじゃと言うのは、近しい身内を見てきたからでもある」

「菜々子様たちはあまり仲がよろしくはないのでしょうか？」

柚子の問いに、撫子は苦い顔をした。

「あのふたりはのう……。なんというかおもしろいほどのすれ違いを起こしておるせいもある。ふたりとも思い込みが激しくて、それが関係をややこしくしておる。まあ、それは狐雪家の問題。柚子が気にする必要はないので案じるな」

「はい」

柚子は素直に頷いた。

「先ほども言ったように、わらわには男児しかおらぬ上、長男が花茶会をよく思っておらぬため、菜々子に花茶会の後継を任せるわけにもいかぬ。そんなことをしたら余計にあのふたりの関係がこじれかねない」

再度困ったような息を吐いた撫子は、視線を柚子へ向ける。

「だから、柚子が引き受けてくれたのはほんに嬉しいよ。三者三様の花嫁たちをまとめるのは大変であろうが、頑張っておくれ」

「正直、自信はないですが、やれるだけのことはやってみます」

本当に自信はないのだが、撫子にそこまで言われたら、そう返さざるを得ない雰囲気である。

「うむ」

柚子の言葉に、撫子は満足そうに頷いた。

「さて、では本題に入ろうか」

「はい。まずは、先日の感謝を伝えさせてください。私の行方が分からなくなって、ご心配をおかけしました。撫子様が私を探すために尽力してくださったと聞いています。本当にありがとうございました」

正座する柚子は畳に手をついて、深々と頭を下げる。

「かまわぬよ。わらわが勝手にしたこと。礼はいらぬ」

頭を上げた柚子は困ったように微笑む。撫子ならそう言うと思ったのだが、やはり誠意は見せたかった。

その件に関しては終わりというように、撫子の話題は変わる。

「それで、わらわに話とは、それが関係しておるのかえ？」

柚子は幾度となく繰り返した状況の説明を行う。

「はい。実は、目が覚めると私は一龍斎の元屋敷にいました。そこで人間とあやかしの神様に会ったんです」

そう話すと、撫子は大層驚き、前のめりになって問い返す。

「本当かえ!?　あの方にお会いしたと？」

「はい」

「どのような方であったのじゃ!?」

「とても美しいのひと言です。社の周囲にあった桜の木がいっせいに咲いたんです。そしたら桜の花びらが集まって神様の姿を作りました。撫子様よりも真っ白な髪をした、桜の化身のような方でした」

身振り手振りも交えながら当時の状況を伝えると、撫子も興奮しているようだった。

「神様は撫子様をご存知のようで、会ってみたいとおっしゃっていましたよ」

「それはなんという誉れ！　かように嬉しきことがあるだろうか」

頬を紅潮させる撫子はまるで恋する乙女のようだ。

実際は恋ではなく崇拝という言葉の方がしっくりくる。

「突然のことだったので私もびっくりしてしまったのですが、龍も間違いなく神様だと言っていたので間違いないと思います」

「それはさぞ驚いたであろう。わらわならば卒倒しておるやもしれぬ」

撫子は自分に置き換えて柚子を憐《あわ》れんだように話すが、その目はどこか羨ましそうだ。

「そこで神様に神器を探してくれと頼まれたんです」

「神器とな？」

「はい」

「もしや、その神器というのは、烏羽家に与えられたという……」

やはり撫子は知っていたようだ。

三つの家に神が与えたもの。その話を以前にしていたのは撫子だ。

花嫁を得た鬼龍院。分霊された社を得た狐雪。

その時の撫子は、もうひとつの家を口には出さなかったが、そこまで知っているなら当然残りの家に与えられたものの情報を手にしていてもおかしくない。

「撫子様は神器がどんなものかもご存知なのですか？」

「いや、神器が烏羽家に与えられた話は記録にあるが、それがどんなものかまでは伝わっておらぬ」

「……花嫁へのあやかしの本能を奪ってしまうものらしいです」

菜々子と藤史郎の話があってすぐなので、柚子は少々言いづらい。

「なんと……。それほど大事なものをあの方は烏羽家に渡していたというのか」

お気に入りの神子のためだけに作った代物だと伝えていいものか迷うが、今それは重要ではないので口をつぐんだ。

撫子はひどく驚いて目を大きく見開くが、次の瞬間、視線を鋭くした。

「なるほど。柚子は穂香の離婚を気にしておるのじゃな？」

「はい」

さすが撫子。柚子が多くを語らずとも、柚子が撫子との話し合いを望んだ理由を察したようだ。

「神様は烏羽家に神器はなく、悪用されているとおっしゃっていました」

「ふむ。神器がなぜ烏羽家にないかは置いておくとして、それほど重要なものを放置しておけぬな」

「龍によると、神様に探すと約束してしまったために、見つからないとマズイらしいです……」

「神とそのように簡単に契約をするとは……」

撫子はあきれたような目を向けるが、柚子は知らなかったのだから仕方ない。誰もそんな重大な情報を教えてくれなかったのだから。

しかも柚子は『やれるだけのことをする』と言ったのだ。

絶対見つけるとはひと言も口にしていないのに、それでも神との約束となるなんて理不尽さを感じる。

「ということで、意地でも探さないといけないんですが、神器は形を変えるらしく、鬼龍院でも捜索が難航しているみたいです」

「なんとまあ」

「でも、手がかりがないわけではないんです。神器が使われた可能性のあるあやかしがいて、彼の周辺を玲夜が調べてくれています。それに、今日穂香様の話を聞いて、穂香様の旦那様も同じように神器が使われたんじゃないかと考えたんですが、撫子様はどう思われますか？」

反応をうかがう柚子に、撫子は少し考える様子を見せる。

「……そうじゃのう。確かにあの穂香が離婚したというのは違和感がある。わらわも最初は耳を疑ったぐらいじゃ。穂香の旦那を知っているが、花嫁を持つあやかしの中でもトップクラスに束縛の強い男であった。同性であるわらわにすら敵意を抱くほどに」

パーティーで顔を合わせた時、花茶会をよく思っていない様子だった光景が頭をよぎり、柚子は頷く。

「玲夜に穂香様の周辺を調べてもらおうと思いますが、よろしいですか？」

穂香を調べるなんて、彼女を疑うようなもの。花嫁のために花茶会を作るほど、花嫁たちを気にしている撫子には、ひと言告げておくべきだろう。

もちろん、沙良にものちほど話をするつもりだ。

いや、沙良には神器の問題が伝わっているので、もしかしたらすでに穂香の離婚に疑いを持って、先に千夜に話をしているかもしれない。

「ああ、かまわぬよ。というか、穂香の離婚に疑問を持ったわらわは、すでに周辺を調べさせておる」

「そうなのですか？」

柚子は大きく目を見開く。

「花茶会を主催する者として、花嫁たちの動向に気をつけるのは当然のことよ。柚子も、ただ茶会をすればよいというわけではないと覚えておくとよいぞ」

「はい」

撫子の代わりをできるようになるのは、まだまだ遠そうだ。

「まあ、穂香の件でなにか分かったら、柚子にも報告しよう」

「ありがとうございます。そうしていただけると助かります」

柚子は再度頭を下げた。

神器の話はこれで終わりと、頭を上げた柚子は撫子に問いかける。

「それで、撫子様のお話とは？」

撫子も柚子に話があるようだったのを忘れてはいない。

「ああ、そうであったな。あの方の話ですっかり忘れ去っておったよ」

扇を広げ目尻を下げる撫子は、じっと柚子を見つめる。

口も閉ざし一心に向けられる眼差しを、柚子も静かに受け止める。

話とはなんだろうかと考える柚子に、ようやく撫子が口を開いたが、その内容は予想外のものだった。

「そちは花梨《かりん》を恨んでおるか？」

「へ？」

思わず素っ頓狂な声が漏れる。柚子は、一瞬理解できなかった。

頭が回り始めて、ようやく妹の花梨の姿が頭に浮かぶ。けれど柚子が思い出せる花梨は、五年も前の姿だ。

「両親を乗り越えたそちは、花梨とはいまだ会っておらぬであろう？　あの子がしたことは許されるものではないが、まだ憎々しく思っておるか？」

憎々しい……？

その言葉が柚子にはすごく違和感があった。

確かに、玲夜と出会うまでの柚子の生活は幸福とは言えないものだったかもしれない。

いつも両親の顔色をうかがって、好かれたくて、自分を見てほしくて仕方なかった。

そして、自分とは逆に両親の愛を一身に受ける花梨が羨ましかった。妬ましさすら覚える程どに。

けれど……。

「撫子様。私は花梨を憎いと感じたことはありません。これまでも、これからも」

ただひとりの妹。あれほど歪《ゆが》んでしまった姉妹の関係は、元を正せば両親が作り出した環境のせいではないかと柚子は思っている。

そして、花梨は今はその両親と別の道を歩んでいるようだ。

どんな心境の変化があったのか柚子には想像もできないが、柚子にはとことん甘く、柚子の害悪となるものを許さないあの玲夜が、会いたいなら会ってみるかと言い出すほどの変化があったらしい。

柚子には驚くべきことだ。今どのような生活を送っているのか知らないが、花梨を応援したい。

「ほほほっ」

撫子は機嫌がよさそうに笑う。

「やはり柚子はよい子じゃのう」

撫子は柚子に近付くと、よしよしと頭を撫でる。

されるがままになる柚子は問う。

「どうして突然そんな質問をなさるんですか？」

「それがのう。瑶太《ようた》がなんとも不憫で見ていられぬのじゃ」

「瑶太？」

瑶太とは、狐月《こげつ》瑶太のことでまず間違いないだろう。

柚子の妹である花梨を花嫁に選んだ瑶太だが、鬼に楯《たて》突いたのを理由に、花梨を花嫁として一族に認められなくなってしまった。

その後、何度かかくりよ学園で顔を合わせたが、特に長話をするでもなく会釈がいいところ。卒業以降は一度も会っていない。

「彼がどうかしたんですか？」

「今は大学部四年で狐雪家傘下の会社で働こうと動いておるようだがの、どうやらちょくちょく休みの日に花梨の様子を見に行っておるようじゃ」

「そうなんですか？　ですが、花梨と彼は……」

「そう。花嫁とは認めぬと、当主たるわらわが決めた。それゆえ、直接会ってはおらぬ。こっそりと陰から花梨の様子をうかがっているだけらしい」

こっそりと陰から……。どうやら瑶太はまだ花梨を忘れられずにいるらしい。

同じく花嫁を手放したのちに杏那という彼女を作った蛇塚とは別の道を歩んでいるようだ。

ただ見ているだけ。その様子を想像するだけでなんとも不憫に感じる。

あのふたりが離ればなれとなった原因に自分が関わっているため、柚子は他人事で済ませられない。

「何年経っても一途に恋慕し続ける。ほんに花嫁を想うあやかしの本能とは厄介なものよのう」

撫子はややあきれた様子で苦笑する。

「撫子様はどうして私にその話を？」

瑶太が花梨の様子を見に行っているのを知っていながら、どうやら注意はしていないようだ。

「あれから約五年の時が経った。もうそろそろよいのではないかと思うておるのじゃよ」

「それはつまり、花梨を再び花嫁として一族に迎えるということですか？」

「そうしたいが、柚子は嫌か？」

「先ほど撫子様もおっしゃったように五年の月日が経っています。あやかしは変わらずとも、花梨の気持ちが変わっているのではないでしょうか？」

五年という時はとても長い。ただの人間である花梨の気持ちが変わらないとは限らない。新しい恋人ができていてもおかしくはなかった。

「わらわもそう思っておったのだが、なかなかどうして、花梨もずいぶんと一途であった」

「と、言いますと」

「花梨もまた瑶太を忘れられずにいるようじゃのう」

これには柚子もびっくりだ。

花梨のことなので、自分から離れていった己の利益とならない瑶太などすぐに忘れていそうだと思ったのに、本気で瑶太を好きだったのか。

「これだけ時が経ってもなお想い合うふたりを、無視できなくてのう。妖狐一族の中でも、瑶太の健気さに胸打たれてわらわに進言してくる者もいる始末じゃ。しかし、ふたりの仲を認めなかった理由も理由じゃ。千夜と若に伝えたところ、柚子の気持ち次第だと答えが返ってきた」

「私ですか？」

柚子はきょとんとする。

「辛い思いをしたのは柚子だからとな。それゆえ、先ほど恨んでおるかと聞いたのじゃ」

「なるほど」

花梨を一族に迎え入れないと判決を出したのは撫子だが、花梨と瑶太を見て心が動かされたらしい。撫子はふたりを許してもいいと思っているようだ。

しかし、柚子がどう感じるのかが気がかりであり、柚子の判断で瑶太と花梨の今後が決まってしまうらしい。

なかなかに難しい判断を迫られたが、答えはすぐに出た。

「花梨とは、これまでのあれこれを忘れて姉妹仲よくとはいかないと思います」

仲よくするには、いろいろな問題がありすぎた。

わだかまりはいつまでもついて回り、修復することはない。血がつながっているだけの他人以上になりはしないだろう。

「そうであろうな」

撫子は少し残念そうに目を伏せる。

「けれど、撫子様が許してもいいと考えられるほど花梨が変わったなら、私が花梨の幸せを決める権利はないと思います」

柚子はそう言って微笑んだ。その微笑みにはたくさんのものを乗り越えた強さがにじんでいる。

柚子の笑みを受けて、撫子もゆるりと口角を上げる。

「あい分かった。頃合いを見計らって、瑶太に花梨を迎えに行く許可を与える」

「すぐではないんですか？」

「すぐではつまらんじゃろう？　もう少し泳がせて、会いたくても会えないジリジリとした気分を味わわせてやらねばのう」

先ほど瑶太が不憫と口にしていたのではなかったのか。なんとも意地が悪い。

瑶太が少しかわいそうに思った。


花茶会を終えて屋敷に帰ってきた柚子を、子鬼たちが出迎える。

「あーい」

「あーいあーい」

「ただいま。子鬼ちゃん」

ぴょんぴょんと柚子の肩に飛び乗った子鬼に続いて、まろとみるくが自分たちもいるぞと寄ってくる。

「アオーン」

「ニャウン」

スリスリと寄せる二匹の頭を撫でてあげてから、柚子は辺りをうかがう。

「龍は今日もいないの？」

「うん」

「どこにもいない」

子鬼の答えに「そう……」とつぶやく。

いつもなら花嫁しか出席できない花茶会にすら撫子に我儘《わがまま》を言って無理やりついてきていたのに、今日はついてこなかった。今も龍の姿はない。

まあ、そばにいずとも加護の効果が消えることはないそうなので、柚子の護衛に四六時中一緒にいる意味はないようだ。

柚子になにかあったとしてもすぐに分かり、駆けつけられるそうな。

いつもまろやみるくの餌食となり、頼りなさそうに見えるが、一応霊獣なのである。

龍は夕食前に、玲夜とともに帰ってきた。

「おかえりなさい、玲夜」

「ただいま、柚子」

いつものように頬へキスをされると、玲夜は着替えに部屋へ向かった。

その場に残った龍はくるんと柚子の腕にからみつく。

「今日もお社へ行っていたの？」

『うむ。あの方のご機嫌うかがいにな』

「でも、神様は姿を見せるの？」

『見せずとも声は聞こえる。まあ、今はまだ寝ておられる時間が長いがな』

神様がどういう状態なのか、柚子にはいまいち理解できていない。

目覚めたかと思ったら寝ぼけていると言ったり、寝ていると言ったり、いったいどれなのか。

『柚子に会いに来るそうだ』

「会いに、来る？」

呼び出されるではなく、『会いに来る』とはいったいどういうことだ。

『その時になれば分かるであろう』

できれば周りに迷惑にならない形で会いたいものだ。

少しすると雪乃が夕食の準備ができたと呼びに来た。

向かえば玲夜もちょうど着いたところ。ふたり向かい合うようにして座る。

高級料亭で出てくるような料理を、勉強のためになるとじっくり観察して味わいながら食べる柚子は、玲夜に話すことがあったのを思い出す。

「玲夜」

「どうした？」

甘く囁くような返事とともに微笑みが返ってきて柚子は一瞬ときめいてしまったが、気を取り直す。

「今日花茶会に行ってきたでしょう？　そこで、穂香様っていう、この間パーティーでもお会いした花嫁が離婚したらしいの」

途端に険しくなる玲夜の顔。

「ああ。その話なら高道から伝えられている。あやかしの世界で花嫁との離婚なんてほとんどない話だからな。それで、柚子はそのあやかしが鎌崎と同じだと言いたいのか？」

「うん。パーティーの時の穂香様の旦那様はとても執着しているように見えた。穂香様が外へ出る理由になってる花茶会も、それを主催する撫子様やお義母様のことすら不満そうに文句を言ってたぐらいだったもの」

「……ああ、あのあやかしか」

納得した様子の玲夜。どうやら、たくさんいた出席者の中で、柚子の言っている穂香の旦那がどの人物なのか一致したらしい。

「離婚するなんておかしいって、撫子様も穂香様の周辺を調べてらしたみたい。神器のことを話すと、なにか分かったら教えてくださるって」

「そうか。確かに妖狐の当主の協力もある方が見つけやすいとは思うが……」

その時、玲夜はなにかに気付いた様子で「そういえば……」とつぶやいた。

「今思い出したが、鎌崎に会いに行ったパーティーの時、その穂香という花嫁とも会っているな」

「そうなの？」

「ああ。柚子と花茶会で一緒だったと言っていた。死んだような目をした女で、その時柚子のことを考えていたから少し記憶に残っている」

玲夜が険しい顔をするものだから、柚子まで釣られて難しい顔をしてしまう。

ただの偶然か、それとも……。

それにしても、柚子のことを考えていたから穂香を覚えているとはなんとも玲夜らしい。

だがまあ、今は置いておく。

「玲夜」

「分かっている。その穂香という者も調べてみよう」

「うん」

玲夜が動いてくれるなら安心だ。

しかし、そうなると、もう柚子にできることはない。ただ、報告を待つだけだ。

「話は変わるんだけど、花梨の話、玲夜は聞いたんだよね？」

柚子は顔色をうかがうように玲夜に視線を向ける。

「ああ、妖狐の当主から聞いている。あのふたりをどうするかは柚子次第だと答えてある」

「玲夜はそれでいいの？」

鬼龍院と狐雪で決められたふたりの処遇なのに、自分が決定権を持っていいものなのか疑問だった。

「あのふたりに危害を加えられたのは柚子だからな。決めるのは俺でも父さんでもなく柚子だ。父さんもそれで問題ないと言っているし、柚子の好きにしたらいい」

「……ふたりを許してもいいって思ったんだけど、それでもよかった？」

「柚子がそれを望むならな」

玲夜からの反対がなく、柚子はほっとした。

「花梨がいまだに瑶太を忘れずにい続けているっていうのは、正直びっくりしたの。花梨はあやかしの花嫁に選ばれた優越感で彼と一緒にいるんだと思ってたから」

「俺も同じだ」

「あれからもう五年経った。人が変われるには十分な時間だと思うの。私だって変わったでしょう？」

「そうだな」

両親のように変わらなかった人もいるが、自分は昔よりずっと強くなれたと感じられるから……。

「たぶんね、もう仲よくはできない。どれだけ花梨が変わったか分からないけど、撫子様が許してもいいって思えるほどだから相当なんだと察することはできる。でも、私たちの間には見えない大きな亀裂があって、それは一生ついて回る気がする。わざわざ会いに行こうとも思わないし、花梨も同じじゃないかな」

会ったところでなにを話していいか分からない。

「今さら姉妹なんて都合のいい言葉は使えないし、使ってほしくないけど、花梨の人生は花梨のものだから、私が選んでいいものじゃない。瑶太とこの先どうしていくかは、花梨たちがふたりで決めていくことだと思う……」

だから、柚子はもういいと感じた。

「柚子がそれでいいなら俺は賛成する」

いつの間にか隣に来ていた玲夜が柚子の頭を引き寄せる。

玲夜の胸に頭を寄せ、柚子はそっと目を閉じた。

「あやかしの本能は厄介なものだって撫子様がおっしゃってたんだけど、その時に神器のことが頭をよぎったの。あやかしの本能を消してしまう神器。神様は悪用されてるって。だけど、蛇塚君は使ってみたいとも言ってた」

柚子は玲夜から頭を離し、見上げる。

「玲夜はどう思う？　瑶太はいまだにあきらめられず花梨を想い続けていたみたいだけど、それほど強い想いは逆に苦しくはないのかな？　いっそ本能をなくしてしまった方が、あやかしも花嫁も楽になるんじゃないのかな？」

柚子の純粋な眼差しが玲夜を見つめる。

玲夜は少し考えるように沈黙した後、柚子の頬に触れた。

「確かにあやかしが花嫁を想う本能は誰よりも強い。場合によっては、いっそなかった方が楽だと感じるのかもしれない。けれど、この本能のおかげで俺は柚子に出会えた。この尽きることのない感情に一生気付かぬまま過ごしていたかもしれないと想像すると、俺は恐怖すら感じる」

玲夜は柚子の両頬を包むように手を添えた。

「俺はなかった方がよかったなんてとても言えない」

「……私ね、神様から神器の話を聞いてから考えるの。もしも花嫁じゃなかったら、玲夜は私を好きにはならなかったんじゃないかって。花嫁だから好きなのであって、花嫁じゃなくなったら、私は簡単に捨てられるんじゃないのかな？　神器を使われたあやかしが、簡単に花嫁の興味をなくしたように。それが怖い……」

花嫁を選ぶのはあやかしの本能。

その本能をなくしただけで、あれだけ執着していた気持ちを忘れ去ったように興味をなくすあやかしたちに、柚子は恐れを抱いた。

もしも玲夜に神器が使われたら。他の花嫁のように自分は用なしになってしまうのではないか。

恐怖を訴える柚子に、玲夜は包むように添えていた手で柚子の両頬をつまむ。

まろの猫パンチよりもずいぶんと弱い力ではあったけれど、そんなことをあまりされない柚子は目を瞬いた。

玲夜は若干怒っているように見える。

「玲夜?」

「俺を舐《な》めるな。確かに出会いは柚子が花嫁だったからだ。そこはどうしようもない事実だから認めるしかない。けれど、今ある柚子への想いは、神器程度の力でなくすようなものじゃない」

柚子の不安を吹き飛ばすように力強く告げられた想いに、柚子はなぜだか泣きそうになった。

「私が花嫁じゃなくなっても好きでいてくれる?」

「当たり前だ。そんなに不安だというなら、神器を見つけたら神に返す前に使ってみるか?」

自分で言っていて良案だと思ったのか、「そうだな。そうしよう」と玲夜はひとり決意を固めている。

だが、神器を使うのはさすがにマズイ。

「……それはやめておいた方がいいかも。神器が使われたらあやかしにどんな影響があるか分からないって神様も言ってたし」

本気で使いそうな勢いの玲夜に、柚子は表情を変えクスクスと笑う。

また自分の弱さが顔を出してしまった。

以前よりは強くなったと実感していても、どうしても弱かった頃の自分が消えてはくれない。変われたつもりでも変われていない。

もっと強くありたい。多少のことでは揺れぬ強靱《きょうじん》な心を手に入れたい。

それがきっと玲夜の隣に立つ自信につながるはずだから。


その日の夜、夢を見た。

桜が舞う中、空には少し欠けた月。目の前には社と、長く白い髪をたなびかせた神が立っていた。

柚子は真っ暗な周囲を見回す。

「神様……。ここは？」

『柚子の夢の中だ』

「夢？」

夢と言うにはあまりにリアルだ。手足の感覚も、頬を撫でる風の心地よさまで感じる。

『少しだが力を使う余力ができたので、柚子の夢の中に入ったのだよ。夢の中ならいつでも会えるし、迷惑もかけないだろう？』

「そうですね」

どうやら神なりに気を遣ってくれているらしい。

以前神に呼び出された時に多くの人へ迷惑をかけてしまったことを考えると、その気遣いは大変助かるが、夢の中に突然神が現れたら柚子もびっくりだ。

ちゃんと目が覚めるのだろうか。あまりにも現実味がありすぎて、ちょっと心配になってきた。

それにしても美しい空間だと桜の花に気を取られていれば、気付かぬうちに神が柚子の目の前に立っていた。

手も届くその距離感に少し驚いたが、顔には出さず神の様子をうかがう。

すると、おもむろに神が柚子の頭を撫で始めた。それはもう楽しそうに、にこやかな顔をしながら。

あまりにも嬉しそうだったので、拒否することをためらわせた。

『柚子は本当にかわいいな。だが、ずいぶんと大変な時間を過ごしてきたようだ。それなのに、歪まずここまでよく育った』

まるで孫の成長を喜ぶ祖父のように微笑む神に、柚子はなんとも言えない気持ちになる。

こんなにベタベタとさわられているのに、嫌な気にはならないのが不思議だ。

柚子に触れる手にいやらしさを感じないからかもしれない。他意はなく、心から純粋に柚子をかわいがっている。

「あの、神器は、まだ見つかっていなくて……」

『ああ、それならいつでも問題ない。見つかればいいし、見つからないなら見つからないでかまわない』

「えっ！　かまわないんですか⁉」

早くせねばと多くの人が探し回っているというのに。

『前にも言ったが、あれはもともとサクのために作ったもの。サクはもういないのだから、どちらでもいい』

「でも、神器が悪用されているからって気にされていたのではないのですか？　あやかしにも影響があるからと」

『サクのための道具が勝手に使われているようだから不快なだけだ。使われた時のあやかしの悪影響を気にしていたら、そもそも神器など作っていない』

「えー」

予想外の返答に、柚子は呆気にとられた。

「じゃあ、どうして私に探すように依頼したんですか？」

『柚子には必要かと思ったから』

「私にですか？」

まさかそこで自分の名前が出てくる意味が分からず、柚子は困惑した。

『サクの時のように、鬼に愛想を尽かしたら神器が必要になってくるだろう？』

なんの悪気も悪意もなく、神は柚子の髪を撫でながら首を傾ける。

『鬼が嫌になったら使うといい』

「つ、使いません！」

柚子は慌てて否定するが、神は『遠慮する必要はない』と信じてくれない。

「私は玲夜とずっと一緒にいたいんです。なので、そんな神器なんて必要ないです」

そう訴えると、神は目を丸くした後、くつくつと笑い出した。

『そなたはサクと同じことを言うのだな』

「サクさんも？」

『ああ。そんなもの必要ないから壊してくれと、大きな石を持ってきて叩き壊そうとしていた。まあ、その程度の衝撃で神の作った道具が壊れるはずもないというのに、かわいい子だ』

柚子にはその時のサクの必死さが分かる。

けれど、今と同じように神には伝わらなかったのだろう。

「あの、じゃあ、神器は見つからなくてもいいんですか？」

『いや、念のため探しておくれ。柚子が使うかは別として、私の力によってできたものだ。管理もできない者に持たせておけないから』

管理もできないとは、烏羽家のことを言っているのだろうか。

そもそもどうして烏羽家は神器を手放したのだろう。神なら知っているのか。

「あの……」

柚子が声をかけたその時、以前のように神の姿が桜の花びらになって風に溶けていく。

「神様!?」

『時間のようだ。また会いに来るよ、私のかわいい神子』

桜吹雪が柚子を襲い、はっと目を覚ました柚子の目に飛び込んできたのは、見慣れた天井だ。

「神様、自由すぎる……」

目が覚めたのかと、ぼうっとしていると……。

「柚子！」

玲夜が視界に飛び込んできた。

「玲夜？」

普通にしゃべったはずなのに、その声はひどくかすれていた。

喉もやけに渇いている。

「大丈夫か!? どこか悪いところはないか！」

ずいぶんと鬼気迫る様子に、まだ少し寝ぼけていた柚子は一気に覚醒する。

「玲夜、どうしたの？ そんな大騒ぎしなくても……」

「なに言ってるんだ。丸二日眠っていたんだぞ」

「二日!?」

夢の中では体感で数十分程度だったというのに、現実世界ではそんなに経っていたなんて。驚きのあまり声を失う。

「そうだ。声をかけても揺すっても目を覚まさないから、どれだけ心配したか。医者に診せても眠っているだけだというし」

よほど心配してくれていたのだろう。まだ不安そうにしている玲夜を見て、これはもうさすがに怒っていいのではないだろうかと柚子は神に対して思った。

「夢の中で神様に会ったの」

「神に？」

「神様が、夢の中なら迷惑をかけないだろうって。それなのに、まさか二日も寝てるなんて……」

どっちにしろ迷惑をかけているではないか。

柚子の話を聞いて、玲夜のこめかみに青筋が浮かぶ。

「もういっそ社をぶち壊すか……」

「そ、それはさすがにマズイと思うよ。撫子様も激怒するだろうし」

不穏な言葉を吐く玲夜をなだめてから、柚子は再び千夜や沙良、屋敷の人たちに謝罪行脚することになった。

今回は眠っているだけなので、透子や撫子には連絡がいっていなかったのが幸いだった。無駄に心配をかけずに済んだと安堵した。

四章

二日ぶりに目を覚ました柚子に、子鬼が飛びついてくる。

「あい～」

「あーい」

「子鬼ちゃん、ごめんね」

心配そうにする子鬼たちを撫でた。

玲夜は柚子の隣でベッドに腰掛け、スマホを耳にあてている。柚子が目覚めたことを千夜と沙良に報告しているのだ。

また迷惑をかけてしまって、なんと謝ったらいいのやら。

柚子自身は二日も眠っていたとは思えないほど体調はいい。ただ、飲食をしていなかったせいで喉が渇いていたので、玲夜が電話をする傍らで水を飲んでいる。

調子はいいと訴えても玲夜は心配なのか、まだベッドの上の住人である。

これから鬼龍院お抱えの医者がやってくるので、医者の許可が出るまで着替えるのすら駄目だと言われてしまった。

柚子のことになると心配性な玲夜の悪いところが出る結果となった。

本当になんともないのだが、逆に玲夜が二日も目覚めなかった時の立場を想像すると文句が言えないので、柚子は仕方なく大人しく医者が来るのを待っている。

どうやら電話が終わったらしく、玲夜がスマホをサイドチェストの上に置いた。

そして、柚子を横抱きにして膝の上に乗せ、柚子の首筋に顔をうずめる。

柚子が気恥ずかしそうに身じろぎすると、なにを思ったか柚子の首筋に吸いついた。

首筋に感じるわずかな痛みに、柚子は言葉を詰まらせる。

「れれ玲夜！」

激しく動揺し、柚子は顔を赤くする。

うろたえる柚子とは反対に、冷静そのものな玲夜はやや半目で恨めしそうに柚子を見た。

「仕置きだ。まったく、最近の柚子には心配をかけさせられてばかりだからな」

「うっ……」

痛いところを突かれる。

それを言われると柚子としても反論できない。

「でも、神様がしたことなのに……」

決して柚子が望んで心配をかけさせようとしたわけではない。

「今度会ったら二度と顔を見せるなと言っておけ」

「それ、撫子様が聞いたらブチ切れると思うよ」

誰よりも神を崇拝しているように感じる撫子である。神へ不満を述べるなど許されそうにない。

当然のように龍も文句を言うだろう。

「俺の柚子を何度も呼び出す奴には当然の苦情だ」

玲夜は相当お怒りらしい。今、神が目の前にいたら殴りかかりそうな勢いだ。

「まあ、私はなんともないから」

「当然だ。なにかあれば苦情だけで許すわけがないだろ」

玲夜の眼差しが本気すぎてちょっと怖い。

ご機嫌斜めの玲夜をどうにかこうにかなだめていると、しばらくして医者がやってきた。

体調に問題なしというお墨付きをもらい、やっとこさベッドの住人を脱して、遅い朝食を取る。二日ぶりの食事なので、胃に優しい雑炊が卓に並ぶ。

出汁のきいた熱々の雑炊を胃に収めてから、ほっとひと息ついた。

「アオーン」

「にゃーん」

ゴロゴロと喉を鳴らしてみるくが柚子に頭を擦りつけ、まろは柚子の膝の上で丸くなる。

夏の日に熱いものを食べたせいか、暑くなってきた。

持っていたヘアゴムで髪を後ろでひとつに結い上げようとしていると、その様子を見た雪乃が困ったように止める。

「奥様。髪を結ぶのはやめておいた方がよろしいかと」

「どうしてですか？」

分かっていない柚子に、有能な雪乃は無言でそっと手鏡を渡した。

「お首の方に……」

多くを語らぬ雪乃に言われるがまま首を見ると、止めた理由が分かり柚子は羞恥心で頬を赤くする。

そして、原因である玲夜にじとーっとした眼差しを向けた。

「玲夜、こんなところにつけてどうするのよ～」

思わず情けない声を出す柚子が鏡で確認した首筋には、くっきりとしたキスマーク。

向かいに座る玲夜はクスクスと意地悪く笑っている。

「さっき仕置きだと言っただろう」

「だからってこんなくっきりつけなくてもいいじゃない」

見る者が見ればすぐにキスマークと分かる。蚊に噛まれたなんてごまかしはきかないだろう。

「透子の結婚式に出席するためにドレスを買いに行くって言ってたでしょう？　これじゃあ、恥ずかしくて首元の開いた服は着られないよう」

試着したら店員に絶対見られてしまう。そんな恥ずかしい思いはしたくない。

「なら、ちょうどいいだろ。露出の少ないドレスにしたらいい」

玲夜の狙いは、最初からそれだったのではないかとさえ思い始める。

「着ていくドレスの目星つけてたのに……」

がっくりとする柚子だったが、思い直す。

「結婚式までもう少し時間あるからそれまでに消えるかな？」

「なら消えたらまたつけてやる」

玲夜なら本気でやりかねないので、首元の詰まったドレスにせざるを得なそうだ。

「そういえば、玲夜。仕事はいいの？」

いつもならとっくに仕事に行っている時間だ。

すると、玲夜から責めるような視線が注がれた。

「柚子が眠って起きない状況で、仕事に手がつくと思ってるのか？」

「そうでした」

自分が元気いっぱいなために、二日間も目が覚めなかったのをすっかり忘れていた。

最愛の花嫁がそんな状態で平然と仕事をしていられる玲夜ではないのは、柚子がよく知っているのに。

「もしかして玲夜、寝不足じゃない？」

今さらになって気付いた。いつ起きるか分からない柚子を前に、玲夜はちゃんと睡眠を取っていたのだろうか。

「問題ない」

柚子には過保護なほど気を遣うのに自分のことになると一転しておろそかになる玲夜の言葉は、こういう時信用できない。

柚子は事実を求めて雪乃へ視線を向ける。

「雪乃さん、どうでした？」

「奥様がいつ目を覚ますか分からないからと、この二日間ほとんど睡眠を取られておりません」

あっさり主人を売った雪乃は、それだけ玲夜を心配しているからだ。なのに、困ったように頬に手を当てる雪乃を玲夜がにらむ。

けれど、雪乃をにらむのは見当違いである。

「玲夜ったら」

咎めるような柚子の視線はなんのその、玲夜はしれっとしている。

「玲夜を怒っちゃ駄目だよー」

「玲夜は柚子が心配なだけー」

子鬼がすかさずフォローに回る。

柚子の腕にひしっとすがりつく……いや、張りつく子鬼はかわいらしく、ほだされそうになるが、それとこれは別物だ。

膝の上にのっていたまろを横に移動させ、玲夜の腕を掴む。

「ほら、玲夜、行こう」

柚子は腕を引っ張って立たせようとする。

「どこに？」

「部屋に。睡眠取らないと、今度は玲夜がどうにかなっちゃうよ」

「あやかしはそんなやわじゃない」

「問答無用」

玲夜が倒れてしまったら、自己嫌悪に陥るに決まっている。自分のためにも玲夜には睡眠を取ってもらわねば。

真剣な様子の柚子に、玲夜はクスリと笑ってされるがままに引っ張られ、寝室へ向かった。

玲夜をベッドに寝かせて満足そうにする柚子は、ライトも消しカーテンも閉じて部屋を暗くする。

一緒についてきたまろとみるくもベッドに上がり、玲夜の足もとで丸くなる。

こうなったら皆でお昼寝だと、柚子も玲夜の横に寝転がった。

「気持ちよく眠れるように子守歌でも歌おうか？」

いたずらっ子のように笑う柚子に、玲夜も優しく微笑む。

「柚子が隣にいてくれるだけで十分だ」

柚子を腕の中に閉じ込め、少しすると玲夜は目をつぶる。

それを見届けると、二日も眠ったというのに柚子もなにやら睡魔が襲ってきた。大きなあくびをして、規則正しく動く玲夜の胸に顔を寄せ眠りについた。


翌日、柚子は玲夜とともに買い物へ出かけた。透子と東吉の結婚式に出席する時に着るドレスを買うためだ。

玲夜の仕事は大丈夫なのか心配になったが、玲夜いわく『桜河《おうが》がなんとかする』らしい。副社長も務める桜河のなんと不憫なことか。

妹の桜子はすでに高道と結婚しているというのに桜河にはいまだ決まった相手がいないらしいのだが、玲夜がことあるごとに面倒な案件を放り投げるからではないのかと思えてきた。

「玲夜。桜河さんにはもう少し優しくした方がいいよ」

柚子に問題が起こるたび、なにかと皺寄せが桜河に向かっている気がして、柚子は桜河がかわいそうになってきた。それなのに、玲夜ときたら……。

「問題ない。桜河だからな」

桜河を信頼しているからこその言葉なのか、都合よく利用しやすいという意味なのか定かでないが、後者だった場合、本当に不憫すぎる。

桜河にいつか春がやってくるのを切に願うばかりだ。

そんな話を交えながら店に到着した。

透子たちは洋風の結婚式をするというから、ワンピースかドレスを見ていく。

透子のドレスの色が分からないので、被らないように気をつけたいところだが、当日のお楽しみと言って教えてくれない。

「玲夜は何色がいいと思う？」

「露出が少ないのだ」

「色を聞いてるんだけど……」

困ったように笑う柚子は、チラチラと玲夜が店の外を気にしているのを見て首をかしげる。

「玲夜？　どうかした？」

「なんでもない」

「そう？」

気のせいかと柚子はドレス選びに戻る。

「これー」

「僕はこれー」

子鬼たちも柚子に似合いそうなドレスを選んでくれる。

もしここに龍がいたら子鬼以上に口を出しただろうに、柚子が二日も眠っていた時から姿が見えないらしい。

玲夜も、眠り続ける柚子のことを龍ならなにか分かるのではないかと探していたのだが、屋敷にすら帰ってきていないのだとか。

柚子が目覚めてからも帰ってきた様子はない。まろとみるくなら、なにか知っているのだろうか。

しかし二匹は無言を貫いたため、いつもなら二匹の言葉を理解し教えてくれる子鬼たちもお手上げ状態のようだ。

玲夜ですら勝てなかった霊獣なので龍の身の心配はしていないのだが、自分の知らぬところでなにか起きているような気がして、なんだがすっきりとしない。

まあ、気にしたところで柚子にできることなどたかが知れている。

神器の捜索も難航しているようだ。

だが、神はそこまで重要視していないと夢の中で知ったし、とりあえずは目の前に迫った結婚式のためのドレス選びに集中する。

何着か試着して、最終的に淡い薄緑色のドレスに決めた。

柚子の予想だが、透子は暖色系のドレスを選ぶと思ったのだ。

これで間違っていたら落ち込むが、ウエストにリボンのベルトがありレースをあしらった柚子好みのかわいらしいデザインに一目惚れだった。

試着した姿を玲夜に見せると、玲夜の厳しい基準もクリアしたようで、許可が下りた。子鬼も手をパチパチと叩いて褒めてくれ、柚子はほっとする。

この店にはアクセサリーも置いているとあって、ドレスに合わせて一緒にそろえることにした。

さすがに今から藤悟にオーダーメイドしてもらう時間はない。

それに、藤悟には柚子のものより大事な、主役である透子のアクセサリーを作ってもらっているところなのだから。

会計はもちろん玲夜。柚子が着替えている間にさっさと済ませるスマートさは、さすがである。

以前に龍の力を試すためにと買って当たった宝くじの当選金だが、祖父母の家のリフォームに使っただけで、それ以降減る様子はない。なにせ、必要なものは全部玲夜が用意してしまうのだ。

玲夜と暮らすようになり、最初は遠慮していたものの、結婚したのだから玲夜が稼いだお金は夫婦の共有財産という考えが根付きつつあるが、やはりまだ気後れする。十年、二十年と経てば、遠慮もなくなってくるのだろうか。それはその時になってみなければ分からない。

包んでもらったドレス一式は護衛の人に渡り、店まで乗ってきた車に積まれた。

「この後はどうするの？」

柚子としては、せっかく玲夜とふたりで外に出たのだからデートのように過ごしたい。

厳密にはふたりではなく、柚子の肩には子鬼がいるし、護衛の人たちも少し離れてついてきている。だが、これはもう仕方ないとあきらめている。

なにせ玲夜は天下の鬼龍院。柚子はそんな彼の花嫁なのだから。

「少し歩こう」

「うん」

柚子はすぐに帰ることにはならなかったと純粋に喜んだが、どこか玲夜の様子がおかしい。

子鬼も警戒するように目を鋭くさせていることに、柚子は気付かなかった。

ウィンドウショッピングを楽しみながら、祖父母へのプレゼントを選ぶ。

「ねえ、玲夜はおじいちゃんとおばあちゃんになにをあげたらいいと思う？」

「あの人たちなら、柚子からもらうものはなんでも喜ぶだろう」

「確かにそうかもしれないけど、やっぱり本気で喜ぶものをあげたいんだもの。ふたりには最近心配かけてばっかりだし」

柚子が神に呼び出されて行方不明となった時、当然祖父母にも連絡がされていた。

柚子が向かう場所として可能性が高いのは、猫田家か祖父母の家だからだ。

学校でのストーカー事件の時よりも心配をさせてしまい、ふたりには申し訳ないことをしてしまったと、柚子はすぐに電話をかけて無事を知らせた。

度重なる問題に、ふたりの心労が気になるところなので、近いうちに泊まりで遊びに行こうと計画している。

けれど、それは透子と東吉の結婚式の後になるだろう。

「本当は一緒に住めないかと思ったりしたんだけど、それは断られちゃったしなぁ」

「そうだな。以前に俺からもそれとなく伝えたんだが駄目だった」

「もうふたりも年齢が年齢だし、一緒に暮らせると安心なんだけど、これまでの生活を急に変えたくないって気持ちも分かるし仕方ないよね」

祖父母は近所に友人も多いのでなおさらだろう。

柚子は残念そうに息をついた。

会いたいと望めば会いに行ける距離なだけ、まだましと思うしかない。

柚子にできることは、時間がある時に顔を見せに行くぐらいだ。

だからこそ、ずっと自分の味方でいてくれた祖父母へのプレゼント選びには気合いが入ってしまう。

散々お店からお店を渡り歩き悩んだ末に、ようやく祖父母へのプレゼントを買うと、その後は特に目的もなく歩く。

玲夜となら、そんな無駄な時間すら愛おしく感じるから不思議だ。

柚子は玲夜の腕に掴まり彼主導で歩いていたのだが、大通りから離れ、だんだんと人通りの少ない方へと誘われる。

特に店もなさそうな裏通りに来ると、さすがに柚子もおかしいと思い始めた。先ほどまでつかず離れずいた護衛の姿も見受けられない。

「玲夜？」

柚子は玲夜の顔をうかがうように見上げるが、玲夜は無言で険しい表情をしている。

玲夜が柚子の声に反応しないなど、通常では考えられない。

不安げにする柚子と険しい顔の玲夜の前に、突如として人が飛び出してきた。

驚く柚子は、人が急に出てきた以上に、飛び出してきた相手に驚く。

それは最近離婚したと聞いたばかりの穂香だった。

「穂香様？」

柚子は戸惑いを持って穂香を見つめる。

「先ほどからずっとつけていたな？」

険しい顔の玲夜の問いかけに、穂香は不気味に口角を上げる。

「なんの用だ？」

「おかしいの……。同じ花嫁だっていうのに、どうして私とあなたは違うの？　どうしてあなたは幸せそうに笑っていられるの？　おかしい……。おかしいわ」

そう話す穂香の目はギラギラとしている。

そして、持っていた小さな鞄から、手のひらに載るほどの水晶のような透明な玉を取り出した。

「おかしなものは正すべきなの」

ジリジリと近付いてくる穂香の異常さに危機感を抱く柚子だが、穂香の手にある玉から目が離せない。

けれど玲夜はひるむ様子もなく、危険を感じてはいないよう。

「そんな小さな玉でどうする？　そのようなものであやかしに勝てるとでも思っているのか？」

穂香を挑発する玲夜と穂香の距離は、数歩で手が届くほど。

玲夜は柚子を庇《かば》うように前に立っており、子鬼たちも柚子の肩の上でいつでも攻撃できる態勢を取っていた。

そして、それまで姿が見えなかった護衛たちが続々と姿を見せ、穂香の退路を断つ。

そんな中で、柚子だけ様子が違う。ただひたすら、穂香の持つ透明な玉にじっと目が向けられていた。

「あれは……」

違う。普通の玉ではない。最初は水晶玉かガラス玉かと思ったが、そんな単純なものではない。

玉からオーラのようにあふれ出る、柚子の見知った力。

そう、あれは神の力だ。

間違うはずがない。神と夢で会った時も、ずっとその神聖で清らかな力を感じていたのだから。

玉からあふれる力が神気だと感じた柚子の中に、すぐさま答えが出る。

『神器』

どんな形をしているかも分からない、いくらでも形を変えてしまうそれは神子の素質を持つ柚子でなければ見つけられない。

「玲夜っ」

焦りをにじませて玲夜の腕を引く。

「柚子は下がっていろ」

そうではない。そうではないのに、うまく言葉にならない。

柚子が伝えきれずにいる間に、穂香は玲夜に向けてその玉を差し出した。

すると、透明だった玉の中にゆらりと光が渦巻く。次の瞬間、めまいを起こしたように玲夜の体がぐらりとふらついた。

「っつ。……なんだ？」

頭に手を当てる玲夜は、自分の異変に驚いている。

「玲夜？」

それでも、心配そうに玲夜を見上げる柚子だけは守るように前に立っている。

「あなただけずるいわ」

穂香は柚子に視線を向けたまま、玲夜に向かって走ってきた。

もとより数歩で手の届く位置にいた穂香が玲夜に近付くのはたやすい。

周囲には護衛が何人もいるが、玲夜はそんな護衛たちよりずっと強い力を持っているあやかしだ。

護衛たちは〝玲夜の〟というよりは、柚子の護衛としてつき添っている。

ゆえに、彼らは玲夜なら簡単に穂香をあしらってしまうと思ったのかもしれない。

だが、あしらうどころか、玲夜は攻撃も防御の仕方も忘れたように無防備に正面から穂香を受け止めてしまった。

　ドンとぶつかった穂香の手には先ほどまで持っていた玉はあらず、変わりに小刀が握られ、深々と玲夜の胸に突き刺さっていた。

「……あ……玲夜ぁぁ！」

　柚子の悲鳴のような声に、護衛たちが慌てて穂香を玲夜から引き剥がし、地面に引き倒してから後ろ手に拘束する。

　その際に穂香の持っていた小刀が地面に落ちたが、柚子にも護衛たちにもそんなことを気にしていられる余裕はなかった。

「玲夜。玲夜！　刺されたの？」

　柚子が慌てて確認する。しかし、玲夜が着ていたシャツには、小刀が貫通したような痕跡はない。

　刺されていなかったのかと思ったが、返事をしない玲夜は刺された胸を呆然《ぼうぜん》と押さえ、足の力を失ったようにその場に倒れてしまった。

「やだ。やだ、玲夜！　玲夜！」

「奥様、そこをお退《ど》きください！」

　完全にパニック状態になっている柚子を護衛のひとりが玲夜から離し、別の護衛が玲夜のシャツをまくり上げる。

しかし、そこには刺された跡どころか傷ひとつなく、綺麗な状態の皮膚だけだった。確かに刺されたのを見たのに、血が出ている様子はない。

「えっ？」

柚子は呆然と声を漏らす。

玲夜の様子を見た護衛も、困惑した様子を隠せないでいる。

「どういうことだ？　傷がないなんて」

「玲夜様の意識は？」

「気を失っているだけのようだ」

「いったん病院にお連れした方がいいな。俺たちで勝手に判断できない」

護衛たちのそんな会話をどこか遠くに聞きながら、柚子の視線は玲夜を刺した小刀へと向けられた。

地面に転がるそれを手に持つ。

一見すると普通の小刀のように見えるが、神子の素質を持つ柚子からすると、どこか普通のものとは違うように感じる。

なにがと問われたら困ってしまうけれど……。

そもそも、先ほどまで玉だったものが、マジックでもないのに小刀に変わるはずがない。

「玲夜にぶつかる瞬間に小刀に変わってた」

柚子の見間違いでなければ間違いない。

「これがもしかして神器……？」

だとしたら玲夜は神器に刺されたということになる。

それはどんな意味を持つのだろうか。嫌な予想が頭を回る。

穂香ならなにか知っているはずだと、いまだ拘束された穂香に目をやり問いかける。

「穂香様。玲夜になにをしたんですか？」

穂香は「ふふふっ」と愉悦するように笑った。

「あなたの持っているそれはね、とてもすごいのよ。花嫁のための特別な道具なんですもの」

「…………」

柚子は顔を強張らせながら、興奮する穂香を静かに見下ろす。

「それであやかしを刺すとね、あやかしは花嫁への興味をなくしてしまうの。花嫁にとって奇跡の道具でしょう？　それのおかげで私はあの男から解放されたんですもの」

小刀を持つ柚子の手が震えた。

穂香の話が本当なら、これは間違いなく神器。そして、神器を使われてしまった玲夜は……。

その先は考えたくなかった。玲夜からあやかしの本能がなくなったのだとしたら、自分はどうしたらいいのか柚子には分からない。

けれど、今優先させるべきなのは意識を失ってしまった玲夜だ。

護衛が車をそばまで移動させて、玲夜を乗せる。柚子も急いで乗り込み、玲夜の手を必死の思いで握り続けた。

いろんな葛藤があったが、考えるのは後だ。まずは玲夜の無事を確認しなければいけないと、自分を奮い立たせた。


玲夜は鬼龍院お抱えの病院へと運び込まれ、そこで精密検査を受けることになった。

人間とはまた違うあやかしという存在には、専用の病院がある。

そこを経営しているのも鬼龍院。かくりよ学園の病院版のようなものだと柚子は認識している。

実際に病院にやってくるあやかしは、下位の弱い者がほとんどだ。

鬼のような強いあやかしが病院に運び込まれることは滅多にない。

病院の医者も、あやかし界でも有名な玲夜が運び込まれてひどく驚いていた。

意識のない玲夜の無事を待合室で祈っていると、沙良と桜子がやってくるのが見えた。

「柚子ちゃん！」

「あ……お義母様……。桜子さんも」

「玲夜君は？」

沙良は切羽詰まった様子で柚子の肩を掴む。

「まだ検査中です」

柚子の不安に彩られた表情がさらに暗く落ち込む。

「顔色が悪いわ」

沙良とて玲夜が気になるだろうに、柚子の心配をしてくれる。

その気遣いがありがたく、柚子を冷静にさせた。玲夜が心配なのは自分だけではないのだ。

「私は大丈夫です。それより玲夜が……」

「なにがあったの？」

珍しく真剣な表情の沙良に、先ほどの出来事を話す。

穂香とは顔見知りである沙良と桜子はかなり驚いていた。

「穂香ちゃんがそんなことをするなんて」

沙良は信じられないようだが、桜子はどこか納得したような表情を浮かべている。

「いえ、だからこそかもしれませんね。彼女は旦那様と折り合いが悪かったですから」

悪いどころではない。憎んでいたといってもいい。それは柚子も知っていた。

柚子は穂香が落とし、回収していた小刀を鞄から出す。

「柚子ちゃん、それは？」

「玲夜はこれで刺されたんです。でも、確かに刺されたのに傷がなくて、傷がないのに玲夜は倒れて……」

「玲夜君が素直に刺されたの？　抵抗もせず？」

「穂香様が持っていた時、最初は手のひらサイズの玉だったんです。それが玲夜に当たる前に小刀に変わって、玲夜もふらついていてなんだが様子がおかしかったんです。それで、避けることもできずに刺されてしまった感じでした」

柚子はなにもできなかった。それが悔しく、情けない。玲夜に守られているだけの自分は足を引っ張るばかりだ。

なんの変哲もない小刀を柚子は苦々しい思いで握りしめる。

「穂香様が言っていました。これで刺されるとあやかしの本能をなくしてしまう、花嫁のための特別な道具だって」

柚子の言葉を聞いて、沙良と桜子ははっとする。

「柚子ちゃんそれって！」

柚子はゆっくりと頷く。

「もしかしたら、これが神様の探していた――」

『間違いなく神器のようだ』

突然ぬっと現れた龍に柚子はびくりとして目を丸くする。

「どうしてここに？」

『どうも柚子の心が不安を感じているようだったのでな。なにかあったのだろうと急いでやってきたわけだ』

「不安を感じてるって……」

確かに玲夜が刺されて不安でいっぱいだったが、龍はそんなことすら分かるのだろうか。

だが、今追及すべきはそこではない。

「これが神器って、間違いないの？」

『うむうむ。我が教えずとも柚子とて分かっているのではないのか？　神器から発するあの方の力に』

柚子は反論ができない。

一見するとただの小刀でしかないのに、そこから感じるのは間違いなく神のもの。

神本人から感じるものと力の大小はあれど、柚子の中にある神子の力が教えてくれる。これは神器だと。

「じゃあ、玲夜はどうなるの？　玲夜は刺されたのよ？」

思わず涙声になってしまう。

『それは問題ない』

不安でいっぱいの柚子に、龍は断言する。

『その神器はあやかしの本能を断つもの。肉体を傷つけるものではない』

「でも、玲夜は気を失って……」

『一時的なものだ。しばらくすれば目が覚めるであろうよ』

一気に肩の力が抜ける柚子。

沙良もほっとした様子だが、桜子だけは難しい顔をして口を開く。

「お待ちくださいな。玲夜様がその神器を使われたとなると、柚子様が花嫁でなくなるということではないのですか？」

今になって気付き、沙良が「あっ」と声をあげる。

『花嫁でなくなるわけではない。本来番《つが》えぬあやかしと人間が伴侶になれ、あやかしの力を高めるという、花嫁が持つ付加価値はあの方が人間に与えたものであるからして、なくなりはしない。ただ、花嫁と認識する本能がなくなるのだ。食べ物を前にして食欲が湧かないのと同じだ』

「それじゃあ困るじゃないの～！」

沙良が龍を両手でぎゅうっと握りしめてからブンブン振り回す。

『ぬぉぉぉ！　なにをするのだぁ！』

「どうにかならないの!?」

『そう言われても、我にはどうすることもできぬ。なにせ我はしがない霊獣でしかないのだ。神の作った道具をどうにかできるはずがないであろう』

「もう！　役に立たないわね！」

沙良はプリプリ怒りながら龍をぽいっと捨てた。

『ひどいっ。我は柚子が心配で急いで様子を見に来ただけなのに』

よよよっと泣く龍を子鬼がよしよしと撫でて慰める。

「柚子ちゃん、玲夜君ならきっと柚子ちゃんへの気持ちは変わらないわ」

「いえ、玲夜の身が無事だって知れただけで十分です」

たとえ自分が玲夜の唯一でなくなったとしても、玲夜が無事であるならば本望だ。

そう柚子は自分に言い聞かせるも、やはり悲しい。

もう玲夜が笑いかけてくれることはないかもしれない。

柚子はぎゅっと手を握りしめる。そうすることで、噴き出しそうな感情を必死で抑えつけた。

今はただ、玲夜が目覚めるのを待つだけだ。

玲夜にもう自分が必要なくなったと確信できたならば、玲夜から切り出される前に自分から別れを告げよう。

玲夜から言われてしまったら、きっと立ち直れないから。

しばらくすると玲夜の検査が終わり、面会がかなった。

そうは言ってもまだ意識はなく、病室で静かに眠る玲夜を見ることしかできない。

検査をしても傷ひとつ確認できず、検査でも異状はなかった。

龍の言った通り肉体を害しはしないようで、それだけが救いである。

眠っている以外はいつもと変わらぬ玲夜の綺麗な顔。玲夜は本当に自分を花嫁だと分からなくなってしまったのだろうかと、柚子は信じられずにいる。

玲夜の寝顔をじっと見つめる柚子の肩に手がのせられた。

「柚子ちゃん」

「お義母様……」

柚子に向けられる温かな眼差しは玲夜を彷彿《ほうふつ》とさせて、涙が出そうになる。

あまり似ていないと自他ともに認めているが、やはり親子なのだなと実感させられる。

「千夜君は玲夜君の穴埋めと後始末のために忙しいから、ここには来られないみたい。珍しくぶち切れていたわ。高道君も」

「そうですか」

きっと千夜も高道も、仕事など放り出して駆けつけたいだろうに。

特に玲夜至上主義の高道はひどく狼狽しているはずだ。それでも、その立場ゆえに感情に任せて行動できない。

「お義母様、穂香様はどうなりましたか？」

護衛に拘束されたところまでは把握しているが、その後柚子は玲夜に付き添って病院へ来たので、穂香がどうなったか分からない。

玲夜が傷ついていないとはいえ鬼龍院に刃を向けたのだから、簡単に許されやしないだろう。

「穂香ちゃんはとりあえず鬼龍院本家に連れていかれたわ。どうするかは玲夜君が起きてからの体調次第かしらね。玲夜君に何事もなければ罰は軽くなるでしょうけど、そうでなかったら……」

わずかに沙良の眼差しが鋭くなる。穂香と面識があったとしても、大事な息子を襲われたとあったら怒りを抱くのは当然だ。

柚子も彼女を庇う気にはなれない。

「そうですか……」

どうして穂香は玲夜を狙ったのだろうか。

旦那を毛嫌いしていたようだが、穂香はすでに離婚している。

これまではその不審さから神器と関わりがあるのではないかという程度だったのに、神器を穂香が持っていたのなら話は変わってくる。

離婚するために神器を使ったのは確実だろう。

そうして自由を手に入れたはずなのに、玲夜と接触してきた。

鬼龍院に手を出せばどうなるか、鬼龍院の影響力をあやかしの花嫁だった穂香が知らぬはずないだろうに。

沈む気持ちを止められない柚子に、沙良が告げる。

「柚子ちゃん。あなたにもやらなければならない務めがあるでしょう？　玲夜君は私と桜子ちゃんが見ているわ。あなたはあなたのすべきことをしなさい」

柚子は手にある小刀に視線を落とす。

これが神の探していた神器ならば、神に返さなくてはならない。

それなのに尻込みしてしまうのは、神器であってほしくないと思っているからだ。

この小刀が神器なら、玲夜は本能を失うことを意味する。

どうしても信じたくない。けれど、こんな危険なものは早く返してしまいたいとも思う。

「……社に行ってきます。もしその間に玲夜が目覚めたら――」

「すぐに連絡するわ」

「それと、神器の捜索を撫子様も手伝ってくださっています。撫子様にも見つかったとご報告をお願いできますか？」

「任せてちょうだい。撫子ちゃんにはすぐに連絡を入れるわ」

後は柚子のやるべきことをするだけだ。沙良に一礼してから、柚子は子鬼と龍を伴い、後ろ髪を引かれる思いで玲夜の眠る病室を後にした。


一龍斎の元屋敷にある社に到着すると、待っていましたとばかりにまろとみるくがいた。

「アオーン」

「ニャウーン」

「ほんと、いつもいるのね」

二匹をそれぞれひと撫でしてから、社へ続く道を歩く。柚子を迎え入れるように動く草木の不可思議さにはさすがに慣れた。

当たり前の事象のように受け入れて歩む先には、神がおわす社。

どこからともなく風が吹くと、一瞬で桜が満開に咲き誇った。

初めて目にする子鬼たちは驚いたように目を大きくしてきょろきょろしている。

柚子も昼間の明るい時に見るのは初めてで、夜とはまた違った美しさがあった。

「あいー」

「やー」

思わず声が漏れたという様子で、子鬼たちの驚きがよく伝わってくる。

『私の神子』

桜が神を形取り、ふわりと微笑みかける。

「神様……」

今にも泣きそうな顔と声で神を呼ぶ。

『分かっている』

神はすべてお見通しというように社の階段を降りてくると、柚子を優しく抱きしめた。

『強く生きよ。私の神子』

「玲夜がいないと無理です」

そう。柚子の世界は玲夜によって彩られている。

玲夜のいない世界でどうして強くあれるだろうか。

「神様。これ……」

柚子は鞄から小刀を取り出す。

小刀は神の手に渡ると、神の体に取り込まれるようにすうっと消えていった。

「これは本当に神器なんですか？」

嘘だと言ってほしい。これは神器ではないと。

否定してくれることを祈りながら問いかけるが、現実は残酷だ。

『いや。間違いなくこれは、その昔鳥羽家に与えた神器』

その答えに心が悲鳴をあげる。

龍が話していたので分かってはいた。それでも望みを捨てきれなかった。

「玲夜は私を花嫁とは思わなくなったんでしょうか？」

柚子は震える声で問いかける。

『神器が使われたならそうなる』

「っ……」

柚子は一瞬言葉を失ったが、絞り出した。

「正確にはどう変わるんですか？」

『花嫁と判別できなくなる。花嫁に感じる渇きにも似た渇望が消えさり、ただ普通の想いに変わる。花嫁だからこその執着も欲望も興味もなくなる』

改めて言われると、今の柚子にはえぐられるような痛みを伴う。

『けれど気にする必要はない。花嫁は花嫁なのだ。花嫁の伴侶は力を増し、花嫁の子供は強い力を持って産まれる』

気にしないわけがない。あやかしの本能こそが花嫁を花嫁たらしめていると言っても過言ではないのに。

「もうどうしようもなかった時、玲夜に必要とされたから私は救われたんです。なのに、必要とされなくなったら、私はどうしたらいいんでしょうか？」

迷子の子供のように寂しい目をする柚子に神は告げる。

『そなたの思うままに生きよ。私は柚子の幸せこそを願っている。本能をなくした程度で消え失せる想いなど、柚子が許しても私が許しはしない』

『うむうむ、そのとおーり！』

龍だけがうんうんと頷いている。

『もし柚子を悲しませる結果となるなら、一龍斎もろとも鬼龍院にも責任を取ってもらうとするか』

無表情でそんなことをさらっと告げる神に、柚子は固まる。

『神罰がなんたるかを思い知らせると言うならば、我も手を貸します』

「アオーン」

「ニャーン」

龍に続いてまろとみるくまで声をあげる。

柚子を慰めてくれているのだろうが、素直に喜んでいいものか判断に困る。
すると、柚子のスマホが鳴った。
『どうやら目を覚ましたらしいな』
まだ誰からかかってきたかも分からないのに、神は確信を持って口にした。
神はもう一度柚子を抱きしめると、ポンポンと優しく背中を叩き、ゆっくりと離れた。
『行っておいで、柚子。そなたが笑顔でいられるようにいつだって私は見守っている』
そうして神は桜の花びらとなって消えていった。同時に周囲の桜も姿を消す。
一気に現実へ戻され、急いで鳴り続けるスマホを鞄から取り出した。
電話をかけてきた相手は桜子だった。
「もしもし。柚子です」
『柚子様、神器は無事にお返しできましたか？』
「はい。無事に」
『それはよかったです。こちらも、玲夜様が目覚められました』
玲夜が目覚めた。嬉しい気持ちとともに、恐怖心が柚子を襲う。
「すぐに戻ります」
言葉通り寄り道せずに限界速度ギリギリで車を飛ばしてもらい、病院へと戻った。

玲夜の病室の前で、柚子はなかなか扉を開けられずに立ち尽くしていた。

本能を失ってしまった玲夜。花嫁とは思わなくなった柚子と会って、どんな反応を示すのだろうか。

冷たい、まるで他人のような目で見られたらどうしたらいいのか。

あと一歩が踏み出せない柚子の頭を、子鬼が小さな手で一生懸命よしよしと撫でる。

「柚子、大丈夫」

「うん。大丈夫」

子鬼なりに状況を理解して柚子を慰めてくれている。

彼らの優しさに後押しされ、柚子は意を決して病室に足を踏み入れた。

病室には沙良と桜子がいる。そして、ふたりの視線の先には、ベッドの上で上半身だけ起こした玲夜の姿があった。

ドクドクと嫌な緊張感で鼓動が鳴る。

すぐに柚子に気がついた沙良と桜子だが、特になにか声をかけるでもなく、柚子ではなく玲夜の反応をうかがっている。

沙良と桜子のふたりも玲夜の反応の予想がつかず、緊張した面持ちだ。

手前にいた桜子が場所を空けてくれ、柚子はゆっくりと玲夜のそばへ。

「玲夜……」

せめて他人を見るような視線は向けないでほしいと願いながら名前を呼ぶと、玲夜は柚子を見てふわりと笑った。柚子の知る、柚子だけに向けられてきた笑顔だ。

玲夜は右手を伸ばし柚子の腕を掴むと、引き寄せた。そして空いた左手で、柚子の頬に触れる。

「柚子、大丈夫か？」

優しく、労り、そしてどこか甘さを含んだ声が柚子の名前を呼ぶ。

柚子はくしゃりと顔を歪ませた。

「玲夜。玲夜……」

「どうしたんだ、柚子。社に行っていたそうだな。そこでなにかあったのか？」

「ふ……うぅ……」

変わっていない。過保護で心配性ないつもの玲夜だ。

柚子は思わず泣き出してしまい、玲夜にすがる。

「う～。玲夜ぁ」

「神になにかされたのか？　やっぱり苦情を言った方がいいな」

沙良と桜子がいるのも忘れて玲夜にしがみつく柚子は、その穏やかな声に涙が止まるどころか次々にあふれ出てくる。

柚子たちの様子を微笑ましく見ていた沙良は、どこかほっとした様子で問いかける。

「玲夜君。柚子ちゃんを見て、いつもと違って感じない？」

「違うとは？」

「興味なくなったなとか、かわいくなくなったとか」

「は？　なぜ？　柚子はいつでもかわいいでしょう」

問いかけの意味が分かっていなそうな玲夜に、沙良と桜子だけでなく柚子も不思議に思う。

少し落ち着いた柚子が見上げると、ぐしゃぐしゃになったその顔を玲夜が優しくタオルで拭ってくれる。

「玲夜。もし私が離婚したいって言ったらしてくれる？」

これだけ玲夜に引っつきながらでは説得力に欠けるが、興味のあるなしを判断するにはちょうどいい問いかけのはず。

すると、言ったのを後悔するほど玲夜の顔が怖くなった。

「そんな話、許すわけがないだろう。どういうつもりだ。離婚したくなったのか？」

離れるのは許さないというように柚子を抱く手に力がこもる。

これはどういうことだろうか。神器が使われ、あやかしの本能は消えたはずなのに、めちゃくちゃ柚子に執着しているではないか。

「あれ？」

先ほどまでの涙も引っ込んだ。

疑問に感じているのは沙良も同じよう。

「柚子ちゃん。本当に神器が使われたのよね？」

「はい。神様もそうおっしゃってましたし」

ならばなぜ玲夜は変わらぬのか。

柚子たちの困惑を察したのか、玲夜が不機嫌そうに問う。

「どういうことだ？　そもそも俺はどうしてこんなところで寝ている？」

「玲夜、なにも覚えてないの？　お義母様も桜子さんも、玲夜になにも話していないんですか？」

確認するように玲夜から沙良と桜子に視線を向ける。

「ええ、柚子ちゃんが着いてから話そうと思っていたから」

「勝手にお話しすべきではないと思いましたので」

「えーっと……」

玲夜から問いただすような視線を感じ、とりあえず穂香が現れたところから、これまでの経緯を話す。

神に神器を返したことまで話し終えて、玲夜の様子をうかがうと……。

「つまり、俺は神器によって今まで気を失っていたというのか」

「全然覚えてないの？」

「ああ。あの女が向かってきて強烈なめまいがしたところまでは覚えているが、その後はなにも」

強烈なめまい。神器によるものだろうか。そうでなければ、玲夜なら避けるか、逆にやり返したはずだ。

「玲夜に神器が使われたのは間違いないのに、玲夜は私を見てなにも変わらないの？たとえば離婚したくなったりしない？」

「なるわけないだろ」

何度も発する『離婚』というワードすら禁句というように玲夜にギロリとにらまれてしまった柚子は慌てて視線をそらした。

その流れで沙良に目を向ける。

「どういうことでしょう？」

聞かれた沙良にも分からない様子。

「不発だったのかしら？　それとも本当は神器じゃなかったとか？」

「いえ、ちゃんと神様に渡してきましたし、神器だとはっきり聞きました」

けれど、相変わらずな玲夜。

柚子は腕に巻きついている龍を見下ろした。

「ねえ、どうなってるの？」

『簡単な話よ。そやつの愛情は正真正銘、柚子だからこそ抱いていたものだったということだ』

柚子は理解できないというように首をかしげる。

『確かに最初は花嫁だから柚子を見つけたのかもしれぬ。けれど、今となっては花嫁だとかの肩書きなどは関係なく、柚子自身を愛しておったのだろう。本能とは無関係に柚子を愛していたなら、あやかしの本能をなくしたとて想いは変わらぬ』

なぜ龍がドヤ顔するのか意味が分からないが、言いたいことは理解した。

そして、それが本当なのだとしたら素直に嬉しいと柚子は思う。

以前に玲夜が言っていた『柚子への想いは、神器程度の力でなくすようなものじゃない』という言葉通り、本能をなくしても柚子への想いは変わらなかった。

柚子は喜んだが、沙良は若干あきれている。

「つまり、玲夜君の重たーい愛情は、あやかしの本能というより元来の性格からくるものだったってことよね？　他人をそれほど愛せるのは素晴らしいんだろうけど、母親として喜ぶべきなのかしら？」

沙良は困ったように頬に手を当てる。

「素直に喜んでいいものか迷いますね」

桜子まで沙良と同じような顔をしている。

「俺は花嫁だから柚子と一緒にいるわけじゃない。けれど、なにがあろうと、俺の花嫁はお前だけだ」

強烈な愛の言葉を告げる玲夜に、柚子は目を合わせられないほど恥ずかしくなる。

「本能がなくなっても離婚はしないからな。絶対だ」

念を押すのは、先ほどから柚子が『離婚』というワードを連呼するからだろう。少々お怒りなのかもしれない。

しかし、仕方ないではないか。目覚めた玲夜に面会するまでは、離婚を切り出される前に自分から告げようとすら覚悟していたのだから。

それがどうだ。離婚するどころか、なにも変わっていないのだから拍子抜けである。

「なんだか気が抜けちゃったわ～」

はぁっと息をつく沙良に、柚子も同意である。桜子もやれやれという様子。

「何事もないようだし、私は千夜君に連絡してくるわ」

「でしたら私も高道様に。きっと今もご心配なさっているでしょうから」

柚子に気を利かしてくれたのか定かではないが、沙良と桜子がそろって部屋を出ていく。

一気に静かになった病室で、柚子の肩に乗っていた子鬼たちが、ぴょんと玲夜の膝に乗って飛び跳ねる。

「あーい」

「あい！」

玲夜が無事であることを喜んでいる。

「玲夜倒れて柚子泣きそうだった」

「それで神様にぎゅってされてたー」

「なんだと？」

子鬼から発せられた情報に魔王が降臨した。

「柚子。ぎゅっとはどういうことだ」

声が怖い。

「こうしてたの～」

「こう」

子鬼がみずからを使って再現する。

柚子役の黒髪の子鬼を、白髪の子鬼が抱きしめる。

その時の状況が綺麗に省かれると、まるで柚子が浮気したように見えるではないか。

「柚子。俺が寝ている間に……」

「ち、違うからね。神様は私をただ慰めてくれただけだから」

慌てて否定すればするほどドツボにはまっていくような気がしてならない。現に、玲夜の顔がどんどん恐ろしくなっていく。

「本当に違うからぁ！　子鬼ちゃん！」

思わず子鬼へ八つ当たりしてしまう。

子鬼は自分たちのなにが悪かったのか理解していないようで、きょとんとしている。いつもなら愛らしく感じるその無邪気さが今は憎らしい。

「私には玲夜だけだから」

「当たり前だ。他の奴に少しでも目を向けてみろ。そうしたらそいつを……」

「どうするの？」

玲夜は答えることなくニヤリと凶悪な笑みを浮かべ、柚子は背筋が凍った。

本能をなくしても玲夜を嫉妬させるのは危険だと思い知った瞬間だった。

その後、連絡を終えた沙良と桜子が戻ってきて、もう帰ると伝えた。

「玲夜君もなんともなさそうだし、後は柚子ちゃんに任せるわ。念のため今日は大事を取って、明日には退院できるそうだから、付き添ってあげて」

「ありがとうございます」

玲夜の病室は柚子が知る一般的な病室ではなく、シャワーも完備のホテルのような個室だった。

室内も広く、付き添い人用のベッドも簡易ベッドではなくちゃんとしたもので、問題なく一日過ごせそうだ。

「なにかありましたら、私か高道様にご連絡ください」

「はい。桜子さんにもご迷惑おかけして申し訳ありません。ありがとうございます」

「問題もなくてなによりでしたわ。それでは」

上品にふふふと笑う桜子は、一礼してから部屋を出ていく。そして沙良も後に続くが、出る直前で足を止めて振り返る。

「玲夜君が退院次第、穂香ちゃんのことも話し合われるから、明日は本家に寄ってちょうだいね」

「分かりました」

そう、穂香の件が残っている。まだ終わってはいないのだ。

五章

翌日、玲夜の体調が急変することもなく、無事に医者から退院の許可が下りた。

病室で安堵する柚子の肩を玲夜は引き寄せる。

見上げれば、本能をなくしたとは思えないほど甘さを含んだ眼差しを向けてくる玲夜と目が合った。

最悪の事態も覚悟したのに、玲夜はこうして自分の隣にいる。

花嫁だからじゃない。自分という存在を心から愛してくれているのだと分かって、柚子は嬉しかった。

けれど、同時に恐れもあった。

「もう玲夜は私を花嫁って分からなくなったから、私はもっと頑張らなきゃだね」

どこか悲しげな表情を作ってしまう柚子は、不安でいっぱいだ。

自己肯定感が最悪だった昔よりは自信を持てるようになれたが、玲夜をつなぎ止めておけるほどの魅力が自分にあるとは到底信じられない。

これまでは、花嫁だから玲夜が離れていったりはしないという安堵感があった。けれど、神器によって取り除かれてしまった以上、柚子自身で勝負しなければならない。

果たして自分にそれができるのか。甚だ疑問である。

「頑張る必要はない。俺には柚子が柚子であることが重要なんだ。ありのままの柚子がそばにいてくれさえすればそれでいい」

これほどに愛情深い人がいること。

そんな人に選んでもらえたこと。

そして、そばにいてくれることの奇跡。

柚子はたくさんの幸運を噛みしめながら玲夜に抱きついた。

「最初は玲夜に別れを告げられる前に私から切り出そうって思ってたの。けど、そんな簡単に手放したくない。だから玲夜にいらないって言われるまで絶対そばにいる。それで、たとえいらないって言われても、みっともなく泣き叫んですがりつく」

これは決意表明だ。手の中にある大切なものを簡単に手放そうとしてしまっていた自分への決意。

もう簡単に捨てたりなんかしない。なにがあっても貫いてみせる。

強い眼差しで玲夜を見つめると、玲夜は柔らかく微笑んだ。

「柚子が俺に泣きすがる様は見てみたい気もするが、俺が柚子を必要としなくなるなんて起こりえない。たとえ本能がなくても、お前だけが俺の花嫁だ」

「うん」

玲夜の言葉を素直に受け入れられるようになったのはいつだったろうか。

最初はどんなに言葉を尽くされても不安で仕方なかったけれど、今は心の底から信じられる。

玲夜はここにいる。ずっとそばにいてくれる。

柚子は、はにかむように笑った。


退院した玲夜と柚子を乗せた車は、屋敷に帰るのではなく鬼龍院本家へと向かった。

本家には玲夜を襲った穂香が保護されている。

今はあくまで保護。けれど、鬼龍院次期当主である玲夜に危害を加えたとあっては、千夜も無視できない。玲夜自身は傷ひとつなかったとしてもだ。

いや、穂香のせいであやかしの本能が消えてしまったのだから、害は与えられたと判断されるかもしれない。

玲夜は相変わらず柚子を溺愛しているが、それは結果論でしかなく、他のあやかしのように興味をなくして大事な花嫁を捨てることになったかもしれない。

それでいうと、穂香の罪は一族にとっては大きな不利益を与える大罪である。

「天道の一派にとっては残念な結果になったのだろうな」

なんとも極悪に笑う玲夜を、柚子も否定しない。

いまだ柚子を花嫁と認めていない、高道の祖父でもある天道を始めとした先代当主の側近たち。彼らは玲夜が柚子に興味をなくすことこそを望んでいたはず。

だから、むしろ天道たちにとっては穂香の件は渡りに船だった。

けれど、玲夜の予想以上の重たい愛情は本能を超えてしまった。

まあ、予想外に思っているのは柚子も同じである。というか、一番驚いているのが柚子かもしれない。

「そもそも神器の話は高道さんのお祖父さんにしているの？」

当初、神器の捜索は一部の者しか知らない話だった。

「今回は俺が倒れたからな。主要な側近には伝えられている。だが、神器という代物に対しては懐疑的なようだ」

神から与えられた神器など普通は信用しないかと、柚子も納得する。

「天道が率先して、その神器は鬼龍院で管理すべきだと騒いでいたが、すでにあるべき場所に返したと父さんが黙らせた。神に返したと言っても信じないだろうからな」

社を与えられ神を信じ崇拝していた撫子と違い、鬼龍院はあまり神との距離が近いとは言えない。

初代花嫁の過去も、一龍斎との因縁も、これまで当主にしか伝えられてこなかったようなので仕方ないのかもしれない。

今さら神がいると訴えても笑い飛ばされるだけだろう。

実際に神の姿を見せたら黙るだろうか。

柚子はどうにか神を連れてこられないか考えてみたが、素直に現れてくれるか疑問であった。

よくよく考えれば、神がそんな神器を作ってしまったから悪いのではないかと思うも、いやいや神は大事な自分の神子であるサクのために作ったのだ。悪用する者が悪いのは間違いない。

「穂香様はどうなるの？」

「どうするか最終決定は、当主である父さんの役目だ。だが、俺の意思が大きく反映されるだろう。あの女に対しても天道を始めとした先代の側近が口を挟んできたが、今の当主は父さんだとお祖母様《ばあ》が怒鳴りつけたおかげで静かになったらしい。本当にうるさいじじいどもだ」

玲夜は舌打ちせんばかりに眉をひそめた。

先代当主の側近は玖蘭が歯止めとなっているらしい。

嫌われていなかったとほっとする柚子が今思い浮かべるのは穂香のことだ。

最後に見た穂香は正気とは思えないほど目がギラギラとしていた。

幾多いるあやかしの中でなぜ玲夜を狙ったのだろうか。そして風臣にも神器を使ったのは穂香なのか。分からないことが山ほどある。

「穂香様はどうして玲夜を狙ったのかな？　穂香様のあの様子じゃあ、私をあやかしから助けるためってわけでもなさそうだし」

むしろ柚子を憎々しげに見ていた。

「母さんが事情を聞いているが、だんまりらしい」

「穂香様と話をする時間はある？」

なぜなのか、その理由を知りたかった。素直に話してくれるか分からないけれど。

「柚子が望めば時間を作るのは可能だろう。ただし、ひとりでは会わせられないぞ」

「うん。それは分かってる」

柚子に危害を与えないとも言い切れないのだから、そこは承知の上だ。

鬼龍院本家に到着する。

本家といっても、広大な土地にいくつもの家族がそれぞれの家で生活している。まるでひとつの村のような敷地の中に、特に大きな屋敷がある。

そこが当主である千夜とその伴侶である沙良の住む屋敷だ。

玲夜の屋敷ですら開いた口がふさがらない柚子は、当主の屋敷を見た時、本当に驚いた。ゆくゆく玲夜が当主を引き継げば、柚子もここに住むというのだからなおさらである。

今ある玲夜の屋敷はのちに子供ができたら譲るそうだ。

本家の屋敷の前で車を横付けし、ふたりは車から降りる。屋敷の中へ入ると、使用人たちが安堵したように微笑みながら出迎えてくれた。

「ご当主様がお待ちです」

案内された広い座敷に入れば、ドタドタと騒がしく足音を立てて千夜が玲夜に飛びついた。

「玲夜く～ん。心配したんだよぉ」

厳かで風格のある屋敷とは相反して、軽い調子の千夜に気が抜ける。

「柚子ちゃんの前でへたこいて、人間のか弱い女の子にあっさり刺されちゃうなんて、それを聞いた時は耳を疑って反論しちゃったよ～。僕の玲夜君がそんな弱っちいわけない！ってぇ。そしたら本当だって言うもんだから、びっくり仰天だよ～」

千夜は玲夜の心配をしているのか、怒らせようとしているのかどちらだろう。

前者だった場合、とんでもなく地雷を踏みつけている。それはもうグリグリと。

玲夜のこめかみに青筋が浮かんでいるのに気付いているのかいないのか。

「あの、お義父《とう》様、そのくらいで……」

でなければ玲夜の我慢が限界を突破する。

千夜に声をかけると、玲夜を離し柚子に頬を擦りつけるように肩を抱く。

「柚子ちゃんも大変だったねぇ。玲夜君がへぼいせいでたくさん心配したでしょう～」

「へぼい……」

柚子はなんとも複雑な顔をした。

確かにただの人間にやられるなんて普段の玲夜からは考えられないが、今回は神器が使われたというのを考慮してあげてほしい。

「これで玲夜君が柚子ちゃんと離婚なんて言い出してたら破門しているところだよ～。よかったねぇ、柚子ちゃん」

よかったのは、柚子なのか玲夜なのか判断に困る言葉だ。

「父さん。本題に入りましょう」

地を這《は》うような低い声を出す玲夜は明らかに怒っている。

普通のあやかしなら卒倒するような覇気の前でも、千夜はひょうひょうとしていた。

「そうだねぇ。あんまり長引かせたい話ではないし、さっさと終わらせちゃおうか」

柚子から離れて座敷の上座に千夜が座ると、斜め横に玲夜、その隣に柚子が座る。

しばらくしてから、穂香が左右から男性に腕を掴まれたまま入ってきた。

一緒に沙良が入ってきて、玲夜とは反対側の、千夜の斜め隣に腰を下ろす。

沙良は沈んだ顔でため息をついたが、柚子の視線に気付くとニコリと笑う。

「さて、それじゃあ、君の処遇をこれから決めようと思うんだけど、言い訳ぐらいは聞いてあげようかな？」

話し合う内容と相反して明るい調子の声で問いかける千夜に、穂香は暗く生気のないうつろな目を向ける。

その瞳が千夜から玲夜へ、そして柚子へと向かうとニィと口角が上がった。

「ふふふっ」

「なにがおかしいんだい?」

突然笑い出した穂香に、千夜は一瞬眉をひそめる。

「だっておかしいではありませんか。あれほど仲のよさを自慢しておきながら、今や捨てられる寸前。いえ、もう捨てられた後なのかしら?」

柚子と玲夜のことを言っているのは明白だった。

柚子が口を開こうとする前に、玲夜が柚子の肩を引き寄せ、穂香に見せびらかすように柚子の頬にキスをした。

突然の事態にびっくりする柚子だが、なぜか穂香も驚いている。

「誰が誰を捨てると?」

玲夜の鋭い視線が穂香を射貫く。

「そんな、どうして……?　確かに刺したのに……」

「残念だったな。この通り俺と柚子は変わらず相思相愛だ」

再度玲夜は柚子の頬にキスをし、こめかみにも唇を滑らせる。

このように真剣な話し合いの場で過度に接触をする玲夜ではない。なにか理由でもあるのかと思うと、柚子も下手に抵抗できないでいた。

するとと、ふたりの仲睦まじい姿を見た穂香の顔が般若のように怒りに燃え上がる。

「そんなはずないわ。私の旦那様はすぐに私への興味を失ったもの。私を騙したいだけでしょう！」

その言葉を玲夜は鼻で笑う。

「なんのために？　お前が捨てられたのはお前が花嫁でしかなく、お前自身が愛されていたわけではないからだろう。俺は違う。花嫁でなかろうと柚子を愛している」

そう言って見せつけるように柚子の唇を奪った。衆人環視の中でなにをしているのか。千夜と沙良はニコニコしているのが、なんともいたたまれない。

けれど、玲夜はやめる気はなく、唇を離しても、柚子の頭を撫で髪に口づけたりと、やりたい放題。

「簡単にお前を捨てた男と俺を一緒にするな」

柚子をかわいがる横目で、玲夜は穂香をにらんだ。

すると、穂香はこれ以上耐えられないとばかりに柚子に手を伸ばす。

「どうしてぇ！」

暴れ始めた穂香を、腕を掴んでいた男性たちが慌てて抑える。

あやかしにはかなわず、すぐに大人しくなった穂香を冷めた目で見る玲夜。

「お前が使った道具はあくまであやかしの本能を消すだけだ。すでに抱いている感情をなくすわけではない。俺が今も柚子を腕に抱いているのは、花嫁だからではなく柚子自身を愛しているからだ。お前の旦那は違ったようだがな」

「そんな……」

穂香は一気に力をなくしてだらりとし、呆然としている。

柚子は問う。

「穂香様。どうして玲夜を狙ったんですか？　たくさんいるあやかしの中でどうして」

穂香はすぐには反応しなかったが、しばらくして柚子をギッとにらみつけ口を開く。

「あの道具を使ったら彼はあっさり離婚に応じたわ。あれだけ私に執着していたのに。愛していると言ったのに。花嫁じゃなかったらなんの価値もないというようによ！」

次第に大きくなっていく声は、痛みを伴うような悲鳴であった。

「……花嫁とはあやかしにとってその程度の存在でしかない。なのに、嬉しそうにしているあなたが憎らしかった。所詮は花嫁だから大事にされているだけで、あなた自身が愛されているわけじゃない！　それを思い知らせてやりたかった。なのに。それなのに……」

くしゃりと顔を歪ませる穂香の声が小さくなっていく。

「本能をなくしても、なぜあなたは愛されているの？　私の隣には誰もいないのに、どうして……」

「穂香様……」

痛々しいその姿が見ていられない。

あやかしの花嫁となった彼女。どのような経緯で伴侶となったかは知らないが、少なくとも柚子と会った時点では穂香は花嫁であることを拒否しているようだった。

そんな彼女は神器によって自由を手に入れたけれど、急に変わってしまった旦那に失望したのだろうか。その悲しみを他人にぶつけたくなったのか。

柚子の想像でしかない。

この中で一番穂香と面識がある沙良は、静かに目を伏せていた。

沙良の力を以てしても、穂香を救うことはできない。

「あれだけ私だけだと愛を囁いていたのに、簡単に興味をなくしてしまった。最初からなかったように離婚届にサインしたわ。ずっと彼の言いなりになって大人しく花嫁でいたのに、これまでの私の人生はなんだったの!? 道具を使っても、お前だけだと、変わらず好きだと言ってくれたら私も受け入れたのに!」

悲痛に叫ぶ穂香は誰にその思いをぶつけようとしているのだろう。少なくとも、ここにいる誰かでないのは確かだ。

あまりにも悲しそうな穂香の様子に皆が言葉を発せずにいる中で、今回の被害者である玲夜が口を開く。

「みずから花嫁であることを放棄しておきながらほざくな。だったらそのまま花嫁であったらいいだろう。自分の意思で逃げておきながら、やっぱり花嫁に未練があるような言い方には反吐《へど》が出る。そんな面倒は自分で見ろ」

「玲夜……」

さすがに言いすぎではないだろうかと穂香をうかがうと、驚いたように目を丸くしていた。

「お前は旦那から逃げることしか考えなかったんじゃないか？　話し合ったのか？　喧嘩《けんか》したのか？　自分の意思を貫こうとしたのか！」

「……そんなの聞き入れてくれるはずがないわ。あやかしにとって花嫁は守られるだけの存在ですもの！」

穂香は玲夜に八つ当たりするように叫んだ。

「そうやって逃げ続けたから、旦那はお前自身を愛さなかったとは思わないのか？　お前がもっと気持ちをぶつけていたら、また違った関係が築けていたんじゃないか？」

「………」

「少なくとも、柚子は花嫁だろうと俺に反論する。当然喧嘩もするが、それによって深まる絆《きずな》やつながりだってある」

穂香は呆然としたように柚子を見た。

「お前はやり方を間違えたんだ」

「あ……あ……」

穂香の目からホロホロと涙がこぼれ落ちる。

畳に顔を伏せ静かに泣く穂香に千夜が問うた。

「君が持っていた神器はどこで手に入れたんだい？」

これまで沙良が質問しても口を開かなかったらしい穂香だ。話してくれることを願いながら待つと、ポツリポツリと言葉をこぼし始めた。

「……少し前、久しぶりに旦那様と出かけた帰りに会った方にいただいたのです。乗っていた車が軽い事故に遭って、私はその騒ぎに乗じて旦那様と離れて公園におりました。そこへ慌てた様子の男性がいらして、私にそれを」

「どうして君に渡したんだい？　知ってる人？」

「いいえ。存じあげない方でした。しかし、とても玲夜様に似ているように感じました」

「玲夜君に？」

穂香は小さく「はい」と答える。

「容姿からしてあやかしだとすぐに分かりました。絶対かと聞かれたら困りますが、常日頃からあやかしを見ている私はそうだろうと……」

穂香があやかしだと感じたのなら間違いなさそうだ。

柚子も当てはまるが、たくさんのあやかしと関わる中で、なんとなくあやかしか人間か見分けがつくようになった。

感覚的なものなので、どこがどう違うのかと聞かれたら答えられないが、まず間違わない。

「その方は私に旦那様と仲はいいのかとお聞きになり、私は首を横に振りました。すると、私に透明な玉を見せ、小刀に変化させてみせたのです。いかようにも姿を変えるそれを私に渡し、『これであやかしを刺せば花嫁への本能がなくなる。あやかしから解放される』と告げ、走り去っていかれました」

「君はそれを素直に信じたの?」

「いいえ、さすがに半信半疑でした。だから旦那様とのパーティーで見かけた、花嫁を手に入れようと必死になっているあやかしに目をつけ、彼に使用して様子を見ることにしたのです」

「鎌崎か」

穂香はこくりと頷く。

「その後のパーティーで、旦那様と玲夜様がその方が花嫁を間違えたという話をしているのを聞いて、本能をなくすという男性の言葉は本当なのだと分かり、旦那様に使おうと決めたのです。その後のことはご存知かと思います」

話し終えた穂香は傷心したように肩を落としていた。先ほどまでの勢いはない。

「どうしますか？」

玲夜が千夜に問いかける。

「さて、どうしようかなぁ」

怒っているのか、あきれているのか、はたまた憐れに思っているのか。ニコニコとした笑みを絶やさぬ千夜の心の内を察することはできない。

「神器を渡した男ってのが気になるなぁ」

玲夜に似ていたという男。そして、烏羽家にあるはずの神器を持っていたところからして疑問だ。

「他にその男の特徴とか思い出さない？」

穂香はわずかな沈黙の後、首を横に振った。

「いいえ。ただ、玲夜様に似ていたとしか。その方よりも本能をなくす玉の方に注意が向いていたので」

「ま、そんな便利道具が目の前にあったら仕方ないよねぇ」

ヘラヘラと笑う千夜はいったんそこで話を変える。

「今その男のことを考えてもしょうがないから、まず君の処遇を決めようか」

穂香は抵抗も反論もせず、観念したように顔を俯かせた。

「玲夜君、希望はある？」

「父さんに任せます」

「柚子ちゃんは？」

自分にも聞いてくれると思わなかった柚子は一瞬言葉を詰まらせつつ、答える。

「今回の被害者は玲夜なので、玲夜に従います」

「オッケー」

どこまでも軽いテンションの千夜から、穂香への処遇が告げられる。

内容を聞いた穂香は大きく目を見開いた。


玲夜の本能が失われた事件から約一カ月。今日は待ちに待った透子と東吉の結婚式当日だ。

待ち合わせ場所はなぜか港だった。

首をひねる柚子は、招待状を何度も確認したが合っている。それに、続々と見知った友人や親族と思われる人たちが集まっているので、間違えようがない。

港にはたくさんの船が停泊しているが、個人所有のものばかりらしい。

その中でもとびきり大きな船……というか、豪華客船が大いに目立っている。

「玲夜。ちなみにあれぐらいの船持ってる？」

「ああ、あれより大きなのをいくつかな」

「そうなんだ……。あれより大きいんだ。それも複数……」

さらっと告げられたが、とんでもないことだ。さすが鬼龍院と何度思っただろうか。

その大きな船を眺め、どこに向かえばいいのか人々の流れを観察していれば、燕尾《えんび》服《ふく》を着た男女が招待客をその船に案内していくではないか。

よくよく見てみると、船体にはドドンとにゃんこのマークがある。なんとも猫又のあやかしらしい印だ。

「もしかして船の上で結婚式するのかな？」

「あーい！」

「あいあい！」

元手芸部部長に作ってもらったストライプの蝶ネクタイと漆黒のスーツを身につけた子鬼たちも、興奮したように声をあげている。

「あっ、柚子〜」

「子鬼ちゃんもー」

高校時代の友人たちもお呼ばれしたようで、結婚式という場を借りた同窓会のようになった。

友人たちと会うのは柚子の結婚披露宴以来であるが、主役であった柚子は友人たちと談笑する時間をさほど取れなかったので、ゆっくりしゃべるのは久しぶりだ。

「ここで結婚式なんてすごーい」

「船上パーティーなんて素敵ねぇ」

友人たちはうっとりと船を見上げている。

柚子も彼女たちの意見には同意である。

鬼龍院というビックネームの前で霞《かす》んでしまうが、東吉の家もそれなりに成功した名家なのだ。

しばらくすると順番がやってきて柚子たちも船内へ足を踏み入れた。

案内されるままに進むと、広いホールにつく。

そこには、立食パーティーさながらにテーブルと数々の食事が並んでいた。そしてデッキには挙式の準備がされている。

驚きと興味で船内を歩き回っていると、招待客全員が乗り込んだのか船が出航した。動いた瞬間に花火が上がり、わあっと歓声があがる。柚子も思わずパチパチと拍手した。

「すごいすごい！」

「柚子はこういうのが好きなのか？」

目をキラキラさせている柚子を見て、玲夜が優しい眼差しで問う。

「うん。好き」

嫌いな人間などそういないのではないだろうか。

出席者には柚子も見知った友人が多く出席しているのもあって、余計に楽しい雰囲気に酔っている。

しかし、簡単に返事をしてからはっとした。

「好きだけど、やりたいわけじゃないからね」

釘を刺しておくのは大事だ。玲夜ときたら柚子のことになると財布の紐《ひも》がゆるゆるに緩んでしまうのだから。

「なら、今度鬼龍院主催のパーティーでは船を使うとしよう。仕事ならば文句はないだろう？」

やはり不可避のようだ。仕事と言われたら断れないのをよく分かっている。そしてきっと柚子が感激するような演出をしてくれるのだろう。

「ないけど、この結婚式と比べて透子が残念がるようなことにはしないでね」

せっかくの結婚式を越えるような演出をして、透子の楽しく大事な思い出が上書きされてしまったら申し訳ないでは済まない。

「そんなへまはしないから安心しろ」

「うん」

少しして、挙式が始まるからと司会の進行でゲストはデッキに集まる。前方に祭壇があり、バージンロードを挟んで新郎側、新婦側の席に分かれて座っていく。

柚子はシャッターチャンスを逃すまいと、カメラをかまえた。

音楽が鳴り、真っ白なドレスを着た透子が東吉と歩いてくる。

今回はあやかしのしきたりとは関係ない人前式だ。自由なスタイルで結婚式ができると、透子がいろいろと調べていたのを柚子は知っている。

柚子が神器のことで忙しい中、杏那が代わりに透子の話し相手になっていたようだ。意見を聞きたいだけなのに杏那が自分と蛇塚の結婚式を妄想して何度も凍死しかけたと文句を漏らしていた。

それならば杏那に聞かなければいいのに、透子いわく、脳内で予行演習をしておいた方がいざ本番という時に被害が最小限で済むからだそうだ。

蛇塚とともに新郎側の席に座る杏那を確認し、何事もありませんようにとただただ祈る。

そうしている間に透子と東吉が誓いの言葉を読み終えた。

続いては指輪の交換だ。これは藤悟お手製の世界にひとつしかない指輪である。

最初はドレスに合わせたアクセサリーだけを頼んでいたのだが、藤悟からの結婚祝いだと粋な計らいがなされた。

その細やかな細工に、透子は大層喜んでいた。柚子も同じく指輪を藤悟に作ってもらったので、その気持ちは大いに分かる。

次に結婚誓約書にふたりがサインし、司会者がふたりの結婚を宣言して人前式は終わった。

その後は披露宴という名のパーティーだ。特に決まった席があるわけではないので、皆思い思いに動いて食事をしたり歓談したりしている。

友人たちに囲まれている主役ふたりから少し距離を取った場所で食事をしていた柚子に声がかかる。

「よお、柚子。久しぶりだな」

それは大学を中退して以降会えていなかった、幼馴染《おさななじ》みの浩介《こうすけ》だった。

「浩介君、久しぶり」

「ほんとほんと。柚子の披露宴には出られなくて悪かったよ」

「まったくだよ」

結婚式には呼んでくれと言っていなくなった浩介だが、柚子の披露宴は風邪を引いて出られなかった。なんてタイミングが悪いのか。

「今日はちゃんと来られてよかったね」

「来なかったら透子にぶん殴られそうだからな。まあ、ちゃんと約束は果たせて安心だ」

ニコニコと笑顔だった浩介だが、柚子から視線が外れると途端に頬を引きつらせた。なにかあったのかと浩介の視線の先を追うと、魔王降臨一歩手前の玲夜が仁王立ちしている。

「柚子の旦那めっちゃ怖いんですけど～」

「玲夜ったら、浩介君を威嚇《いかく》しないでよ」

「柚子の初恋が俺だからやきもち焼いてんだな」

あっと思った時にはもう遅い。浩介の頭を玲夜が鷲掴みにしてギリギリと圧を与える。

「ぎゃー、事実を言っただけなのにぃ」

「れ、玲夜」

慌てて玲夜の腕にしがみつくと、柚子にくっつかれたことで少し機嫌を取り戻したのか浩介から手を離した。

「やべ、焦ったぁ。あやかしってどんな指筋してんだよ。頭蓋骨粉砕するかと思ったぜ」

「望むならしてやるが？」

「誰が望むかぁ！」

鼻息を荒くする浩介は、突然「むふふふ」と気味の悪い笑いをし始める。

「柚子の旦那はさ、俺がまだ柚子に未練があるんじゃないかって思ってるから嫉妬してんだろ？　けど安心してくれ。俺にも天使が舞い降りたんだからな！　ほれ」

浩介はスマホの画面を柚子と玲夜に見せる。

そこにはかわいらしい女の子が映っていた。

「俺の彼女だよ。とうとう俺にも春が来たんだ」

「わー、おめでとう」

柚子は心から喜んで、微笑む。

「今の俺は彼女ひと筋だから、もう柚子は眼中にないぜ」

「透子には報告した？」

「まだ、これから。ちょっくら行ってくるわ」

ひらひらと手を振る浩介に柚子も振り返した。

「浩介君に彼女ができたんだ……」

皆少しずつ進んでいるのだと思うと感慨深かった。

「……ねえ、玲夜、少し外に出ない？」

「ああ」

玲夜は柔らかく微笑んだ。

デッキに出た柚子は、どこまでも続く海を見つめる。

その手は玲夜とつながれていた。

「あのね、玲夜が私自身を選んでくれてすごく嬉しいの。なにを急にって思うかもだけど、昔から全然変わらない透子とにゃん吉君の姿とか、逆に変わったから彼女に出会えた浩介君を見てたら急にね」

柚子ははにかむ。

「玲夜は出会った時から変わらず私を好きだと言ってくれてたけど、その想いは知らないうちに変わっていたんだなって今回の件で知れたのが嬉しいの。そして、私の好きの気持ちもきっと少しずつ変わっていくんだろうなって思う。それがいいのか悪いのか分からないけど、できることならハッピーエンドが待っていると期待してこの先を歩いていきたい」

玲夜を害した穂香は、今は鬼龍院で預かりの身となった。

とりあえずは沙良の監視下のもと、沙良の使用人として働くと決まった。

現状、神器を持っていた者と接触したのが穂香だけだからというのもあるが、彼女にチャンスを与えたのだ。あやかしによって歪んでしまった人生を取り返すチャンスを。

真っ直ぐに玲夜を見つめると、柚子だけが知る甘く蕩けるような目をし、つないだ手の力を強める。

「だったら、その隣には俺が必ずいる」

玲夜は強く誠実な眼差しをして微笑んだ。

そして、つないだ手にはめられた指輪にキスをした。まるで祭壇の前で生涯の愛を誓い合う夫婦のように。

柚子ははにかみながら頷く。

「うん！」

視線を合わせたふたりの距離が近付くその時、なにやら中が騒がしいのに気付く。

ぎゃあぎゃあと叫び声が聞こえてくるではないか。なにかあったのかと急いで船内へ戻ると、そこはマイナスの極寒の世界に変貌していた。

「杏那が暴走しやがった！」

「誰よ、さっき杏那に誓いのキスしろとか、はやし立てたお馬鹿は！」

「蛇塚、とっとと杏那を止めろー」

「杏那、落ち着いて」

しかし、蛇塚が近寄ることで余計に悪化した。

「ひゃー、柊斗さんがぁぁ！」

「さっきよりひどくなってるじゃねえかよ！」

「さ、寒い……」

「毛布をくれ……」

カオスと化したホールの様子に、玲夜はやれやれとため息をつき、柚子も苦笑するのだった。

「透子とにゃん吉君らしい結婚式だね」

「そうだな」

騒いでいるのは主に杏那だが、静かな結婚式よりよっぽどいい。

「ふたりの結婚式を見てると、私もまたしたくなっちゃったな」

柚子がそう言うと、玲夜はクスリと笑う。

「柚子とふたりきりの式というのも悪くないな」

意外にも話に乗ってくれた玲夜に柚子も微笑む。

「あやかしの本能がなくなっても柚子を愛していると、もう一度誓うために式をしてもいい」

「一生一緒にいるって誓ってくれる？」

「柚子がそれを望むなら何度だって誓ってやるさ」

柔らかな微笑みを浮かべる玲夜に、柚子は永遠を感じることができた。

特別書き下ろし番外編

外伝　猫又の花嫁～恋人編

猫田家に越してきてから初めての登校日。中学校は以前よりも遠くなってしまったので、いつもより早く支度をするはめになった。

一秒でも長く寝ていたい透子は朝から少々不機嫌だ。

「透子ぉ～、ほんとに行くのかよ」

情けない声で透子を引き留めようとする東吉をギロリとにらむ。

「あったりまえでしょうが」

「一緒にかくりよ学園にすればいいだろぉ？」

「嫌よ。あやかしのための学園だかなんだか知らないけど、友達と離れたくないもの」

朝っぱらから喧嘩腰なやりとりをするふたり。

引っ越しした猫田家は、これまで透子が通っていた中学校の校区から離れているにもかかわらず、学校は転校せずに済んだ。

それは、東吉が学校側にかけ合い、話を通したからである。

けれど、そこに至るまでにはかなりの苦労があった。

そもそも花嫁となったなら、東吉を始めとした、あやかしたちのために作られたというかくりよ学園に転校するのが一般的らしい。

しかし、透子が断固拒否した。

中学校にはたくさんの友人たちがおり、離れるなど考えられない。

東吉は同じ学校で過ごしたいと泣き落としにかかったが、一緒に暮らすことは了承したのだから今度はそっちが折れる番だと、透子は意志を貫き通した。

それでもなお不満いっぱいの東吉に、透子は「嫌なら今すぐ実家に帰るわよ」と最後の手段を口にする。

そう言われてしまっては東吉もそれ以上の我儘を口にできなくなってしまう。

透子はやると言ったら本気でやると、短い時間ながら東吉は透子の性格をよく理解していた。

「じゃあ、高校はかくりよ学園にしてくれよ？」

「それも嫌。だって同じ高校にしようねって柚子と約束してるもの」

「俺とその柚子って奴とどっちが大事なんだよー！」

「柚子」

考える素振りすら見せず即答する透子に、東吉はその場に崩れ落ちた。

嘘でも自分を選んでほしかったに違いない。

「くそっ。じゃあ、俺が透子の行く高校受験するしかねぇな。かくりよ学園なら受験なんて必要ねぇのに」

「だったら別に無理しなくてもよくない？　家でも一緒なのに学校まで一緒とか、正直うざ――」

「頼むからそれ以上続けてくれるな。泣くぞ、こら！」

最後まで言わせてもらえなかった透子は、『うざい』という言葉をごくりと飲み込んだ。

嘆く東吉を放置して準備をしてさあ家を出ようとなった時、透子は東吉を振り返る。

「そうだ、にゃん吉。ちょっと写真撮らせてよ」

「なんで？」

「友達とかに見せて自慢したいのよ」

「ふーん。まあ、弱々な猫又だとしても、花嫁になるのは自慢になるだろうから別にいいけどさ」

特に抵抗せず撮らせてくれた東吉の写真を眺めながら、透子はニヤリと笑った。

「ふふふ。これであの野郎に目にもの見せてやるわ」

なんとも性悪な笑いを浮かべる透子に、東吉は首をかしげる。

ただそこに突っ立つ東吉にスマホを向けながら、透子は難しい顔をする。

「ねぇ、立ってるだけじゃなくてなんかポーズしてよ」

「どんなだよ」

「雑誌のモデルみたいな感じで」

「なんだよそれ」

不満いっぱいながら、東吉は透子のお願い通りにそれっぽくポーズしてくれる。髪をかき上げたり、ポケットに手を入れたり、なんだかんだノリノリだ。

そこらのアイドル顔負けの優れた容姿をしているため、どんなポーズでも様になる。

しかし、透子はどこか不満そう。

「うーん……」

「なんだよ。ちゃんと撮れなかったのか？」

「そうじゃないんだけど、これだとあんまり私の彼氏って感じがしないなあって」

東吉単体だと、写真を見せても透子が強がって嘘をついているように思われないかが心配だった。

それほどに東吉が格好よすぎて透子と釣り合わない。自分ですらそう感じるのだから、他人から見ても同じだろう。

どうしたものかと考えていたら、東吉に持っていたスマホを取られ、近くにいた使用人の手に渡される。

「ちょっとなに？」

「恋人らしく写ればいいんだろ？」

そう言うと、東吉は透子の後ろから腕を回し、ハグをする。

「ちょっ！」

途端に顔を赤らめた透子に気分をよくする東吉は、透子の顔を強制的に前へ向けさせた。

「ちゃんと前向いとけ」

自分が言い出したことなので恥ずかしさを我慢しながら前を向くと、なんとも微笑ましそうな顔をする使用人がスマホをかまえている。

「仲良しさんですねぇ」

などと言われ、なんとも居心地が悪い。

後ろから抱きしめられた状態で写真を撮られた。

透子のスマホは先に東吉の手に渡り、東吉は画面を見て満足そうにしている。

「ほら、ちゃんと撮れてるぞ」

画面には、恥ずかしそうに硬い表情をする透子と、愛おしそうに笑う東吉の姿が収められていた。

「これで誰が見ても恋人同士だろ？　ついでに俺のスマホにも送信っと」

東吉は勝手に操作して自分のスマホにも送ってしまった。

「今日から待ち受けにするか」

「絶対やめてよ。そんなの見られたら恥ずかしくて死ぬじゃない」

「見せるつもりで撮ったんじゃないのかよ」

「いや、まあ、そうなんだけど……」

ただ、予想以上に恥ずかしくて他人に見せびらかしていいものか悩み始めた。

「ていうか、誰に自慢すんだよ。友達か？」

「それもあるけど、元カレに自慢してやろかなと」

「なんで？」

問いかけられて頭をよぎる憎々しい文面に、透子はふつふつと怒りが湧いてくる。

「あの野郎から昨日連絡が来たのよ。それも写真付きで」

透子は東吉から自分のスマホを取り返し、ささっと操作して東吉に見せる。

そこには、見知らぬ男女がイチャイチャと頬にキスをしている写真と、『彼女できました〜。それでさぁ、お前と付き合ってたって過去はなかったことにしといてくれる？　お前みたいな凶暴な女と付き合ってたなんて俺の趣味を疑われるし』という文字。

「あの野郎にひと泡吹かせてやりたくてね」

透子は怒りで拳を震わせる。

「こっちこそお前と付き合ってたなんて黒歴史だ、馬鹿やろー！」

近所迷惑になりそうな大声で叫ぶ透子だが、ひと叫びしたことで息を荒くしながらも少し落ち着いたようだ。

「なるほど。そいつに自慢したいわけか」

「そういうことよ。なんか利用するみたいで気分が悪いかもしれないけど、私の腹の虫を収めるためだと思って協力してくれない？」

「別に気分悪くはならねぇよ。むしろそいつだけじゃなく学校中に自慢してこい。その方が透子に余計な虫がつかなくなって安心だしな」

ニカッと歯を見せて笑う東吉に、透子は少し救われた。

学校へ行くと早速、友人である柚子に花嫁になったことを伝えた。

「えっ！　いつの間に」

「まあ、いろいろあってね。今は相手の家で暮らしてるのよ。柚子、今度遊びに来てよ」

「う、うん。それは嬉しいけど、びっくりした」

最初こそ驚いていた柚子だが、彼女の妹も花嫁であるため、冷静になるのは早かった。

「じゃあ、透子もかくりよ学園に通うの？」

花嫁になったことよりも、透子が学校を転校してしまうかどうかを気にしている。柚子の妹もかくりよ学園に行っているので、透子の方から説明せずともある程度の事情を知っているためだ。

「それは断固拒否したから大丈夫。高校も柚子と同じところ受ける気満々だもの」

「そうなんだ。よかった……」

透子が変わらずこの学校に通うと聞いて安心した様子だ。

「代わりににゃん吉が同じ高校を受験する気みたいだったわね」

「にゃん吉……」

透子の口から発せられた東吉のあだ名に、柚子はなんとも言えない顔をする。

「本当は東吉っていうんだけど、猫又だからにゃん吉って、私のお母さんが呼び始めちゃってねぇ。なんだかんだで定着しちゃったのよ」

「あー。透子のお母さんなら納得かも」

柚子も透子の母親のちょっと人よりズレた感性をよく知っているので、ヘンテコなあだ名もすぐさま受け入れた。

「それにしても、さすがあやかしだけあって格好いい人だね」

「まあ、顔はいいわね。ムカつくことに」

不覚にも初対面の時に見惚れたほどである。

容姿に関しては文句など出ようはずがないほど整っている。

だからか、アイドルやモデルよりも整った容姿と、お金持ちという東吉のスペックを聞いた柚子以外の友人たちからは大層羨ましがられた。

透子としては容姿やお金は二の次で、好きという気持ちがなければ花嫁になどなっていない。なので、見目などを褒められてもあまり嬉しさというのは感じなかった。

そうこうしていると、休み時間に元カレがやってくる。

「なあ、今朝送ってきた写真とメッセージ、なに？　俺に対抗してるわけ？」

今朝撮ったばかりの写真は元カレにすぐさま送りつけてやった。

「なんのこと？　私にも彼氏ができたから報告しただけじゃない。あんたと同じようにね」

「あんなイケメンほんとにお前の彼氏なのかよ。どうせ嘘なんだろ？　お前のせいで周りからいろいろ言われてんの、どうにかしろよ」

どうやら透子と付き合っていたことを知る友人たちから、透子に捨てられた男という不名誉な称号を得てしまったらしい。

もともと、この元カレは透子から告白され仕方なく付き合ってやったと、上から目線で周囲に話していた。

別れる時もずいぶんすがられたと嘘を並べ立てて、俺はモテるアピールをしていたようだ。

それなのに、透子にハイスペックな東吉という彼氏ができた話が出回った。

フったのは自分の方なのにと、元カレは自尊心を深く傷つけられたとお怒りなようだが、透子の知ったことではない。

しかし、透子は待っていましたとばかりに今朝撮った東吉とのラブラブ写真を見せて、元カレを大いに嘲笑った。

「残念だったわね。あんたなんかよりずっといい男だわ。別れてくれてありがとう」

嫌みをたっぷり乗せて見下す透子に、元カレはぐうの音も出なかった。

「なにが花嫁だよ。どうせすぐに飽きられて捨てられるに決まってるだろ。その時までせいぜい夢見てるんだな」

雑魚の捨て台詞を吐いて、元カレはそそくさと行ってしまった。

ただの負け惜しみ。しかし、透子は決して勝ち誇った顔はできなかった。

花嫁について多少の知識はあっても、すべてを知っているわけではない。

東吉はあやかしの本能だと言うけれど、透子の方はなにも感じないのだ。

花嫁への気持ちは変わったりはしないと何度説明されても、信じ切れない。東吉が友人たちも羨むほどの人だと分かっているからこそ、自分でいいのかと悩んでしまう。

「はぁ……」

透子は思わずため息をついた。

こんなうじうじとした考え方は自分らしくない。

しかし、考えずにいられない。

どうやら思っていた以上に、元カレにフラれたことが傷となっているようだ。

あれほど真摯《しんし》に向き合ってくれる東吉なのに、信じられない自分が嫌になる。

「なんで人間には本能ってのが分かんないのかしらね……」

そうしたら心が揺れたりはしないかもしれないのに。

文句を言っても仕方ないのだが、つい口から出てしまう。

「まあ、とりあえずは信じるしかないんだけど」

花嫁以外を愛さないあやかしの本能。

しかし、もし東吉が浮気でもしようものなら……。

その時は覚えてやがれと、怖い顔で拳を握った。

そんな憂鬱な時間もありながら猫田家へ帰ると、玄関で東吉がかわいらしい女の子と抱き合っていた。

青筋を浮かべる透子は迷わず拳を叩きつける準備を始め、そんな透子に気付いた東吉があわあわと焦りを見せる。

「と、透子！」

「もう、母親だなんて言い訳は許さないわよ。骨の一本二本は覚悟してるんでしょうね？」

怒り爆発の表情で近付いていく透子を、東吉に抱きついていた女の子が振り返る。

思っているより幼げな顔立ち。まだ小学生と言われても納得するほどだ。

「やだ～。東吉君、この人誰？」

誰はこっちの台詞である。

「あんたこそ誰よ」

その瞬間、彼女と透子の間でバチバチと見えない火花が散った。

「私は東吉君の婚約者よ！」

ドヤ顔で見下すように透子をにらむ彼女に、透子の怒りは東吉へと向いた。

「にゃ～ん～き～ち～！」

低く凄んだ声に東吉も慌てる。

「違う違う。こいつはただの幼馴染みだ！　そもそもこいつは人間だし、あやかしは花嫁以外の人間を伴侶には迎えられない」

「だったらいつまでそうして抱き合ってるのよ！」

透子に言われてはっとした東吉は、少女を無理やり引き剥《は》がして距離を取った。

「決して抱き合ってるんじゃなくて、こいつが一方的に抱きついてきただけだ」

「東吉く～ん」

猫なで声で不満を訴える彼女に、東吉は怒鳴る。

「杏《あん》、いいかげんにしろ！」

「やだ！　私は東吉君と結婚するんだから。うんって言ってくれなきゃ、パパに猫田家との取引を考え直してもらってもいいんだよ」

「お、おい！」

焦りをにじませる東吉は完全に杏という少女の手のひらの上で踊らされている。

その姿に透子はイライラしてしまい、東吉の襟首を引っ張った。

「ぐえ」

「にゃん吉、どういうことなの？　浮気だったら即刻実家に帰るわよ」

「それは駄目だ！」

「なら、説明してよ」

透子からじと－っと見られ、東吉は居心地が悪そうに口を開いた。

「こいつは幼馴染みの杏だ。小学六年生だったたか？」

「まさかあんた、ロリ――」

「コンじゃねぇ！」

それを聞いてほっとするが、よくよく考えると透子と三歳しか違わない。

「それで？ なんで婚約者なんて話になってるのよ」

「こいつが勝手に言ってるだけだよ」

げんなりとした様子を見る限り、東吉の言葉は正しいようだ。

「だったらもっとしっかり拒否りなさいよ」

「ちゃんと拒否してるよ。花嫁じゃないお前とは結ばれることはないって。けど、こいつの家と俺の家とは取引があるから、下手に扱うと家に迷惑がかかるんだよ」

「なるほどね」

状況は理解した。けれど、納得はしていない。

透子は東吉を手で押しやり、杏の前に仁王立ちした。

相手は小学生。身長は透子の方が高いので見下ろす形となり、それだけで威圧するには十分だろう。

しかし杏も気が強い方なのか、年上の透子を前にしても堂々とにらみつけてくる。

「お子様はとっとと帰りなさい。にゃん吉には私っていう花嫁がいるんだから、他の女はお呼びじゃないのよ」

小学生相手に大人げないかと思ったが、透子の第六感がこいつをこのままにしておくとのちのち面倒になると告げている。

「なによ、おばさん。花嫁かなんだか知らないけど、東吉君と将来結婚するのは私なの。ていうか、私の東吉君をにゃん吉なんて変な名前で呼ばないでくれる？」

ヒクヒクと透子の口元が引きつった。

「残念だけど、あんたがどう言おうが、私は親公認の仲だからあきらめて。実際に、今は一緒に住んでるんだから」

「はあ!? なんですって！」

杏は透子から東吉に非難がましい目を向ける。

「東吉君、本当なの!?」

「あ、ああ。両家の許可は取れたから一緒に住んでるよ」

「そういうこと。あんたのつけいる隙なんてないのよ。分かったら大人しく帰りなさい」

透子は腕を組みながら対応する。

杏はじわじわと目に涙を浮かべ、悔しそうに透子をにらみつける。

「パパに言いつけてやる」

「パパに頼ることしかできないの？　権力にものを言わせてにゃん吉を手に入れて嬉しい？　にゃん吉はブランドのアクセサリーとはわけが違うのよ。それが分からないあんたににゃん吉は渡せないわ」

「……っ！」

今度こそ涙をあふれさせて、杏は透子たちに背を向けて逃げていった。

「おお〜。すげぇ。あの杏があっさり引いていった」

思わず感心した様子で手を叩く東吉を透子はにらみつけ、胸倉を掴んだ。

「にゃん吉ぃ！　あんたねぇ！」

杏がいなくなった今、怒りの矛先は東吉に向けられた。

「あんな子供に翻弄されてるんじゃないわよ！　駄目なら駄目ってちゃんと断りなさいよ。曖昧な対応してたらあの子だって期待しちゃってかわいそうでしょうが！」

「何度も言ったって。あやかしと人間は似ていても別の生き物なんだって。でも全然理解してくれねぇんだよ」

東吉も杏には相当困らされているのか、困ったように眉尻を下げてお手上げ状態だ。

「……やっぱりにゃん吉と付き合うの早まったかも」

透子のつぶやきにぎょっとする東吉。

「こ、今度来た時にはちゃんと断る！」

「本当でしょうね？」

ぎろりとにらんだ透子の眼差しにたじろぎながらも、東吉はこくこくと何度も深く頷いた。

本人も反省しているように見えたので、透子は胸倉を掴んでいた手を離し、ため息をつく。

「まあ、今回は許してあげるわ。けど、まさか他に女の影はないでしょうね？　浮気したら即刻別れるから」

「浮気はしねぇって何度も言ってるだろ。けど……」

言葉を濁す東吉に、透子は目を光らせた。

「なにかあるの？」

「いや、俺ってもともと婚約者がいたんだよなーと思い出した」

「は？　それってさっきの子みたいな口だけの婚約者じゃなくて？」

「ああ。家が決めた正式な婚約者」

「………」

透子は無言で猫田家を出ていこうとする。

「わー、待て待て！　なんで出ていこうとするんだよ！」

「婚約者なんている奴と付き合うか、馬鹿！　それじゃあ、私の方が浮気相手になっちゃうじゃない！」

「その婚約はとっくに解消されてるよ！」

「ほんとでしょうね？」

透子は疑いの眼差しでもって東吉をじとーっと見つめる。

「本当だよ。俺に花嫁ができた時点でな。先方もあやかしだし、花嫁を優先するのは当然だと理解があるから、揉《も》めることなく解消されてる」

「にゃん吉はそれでよかったわけ？　仮にも婚約者として付き合いがあった人なんでしょう？」

「今の俺には透子だけだ！　透子しかいらない！」

嘘偽りはないとその眼差しが告げている。

甘い囁きというにはほど遠い告白だったが、透子にはしっかりと伝わってきた。

「だからさ、出ていくなよな」

透子の機嫌をうかがう東吉の情けない眼差し。

深いため息をついた透子は、この先やっていけるか心配になった。

しかし、差し出された東吉の手を迷わず握り返すのだから、自分も大概大馬鹿だなと思う透子だった。

番外編　神と龍

龍は屋敷のキッチンにて、がさごそと棚をあさっていた。

『ぬふふ～。見つけたぞ』

誰もいない、明かりもない暗闇の中で、龍はそれを見つけてニヤリと笑う。

そこはお酒などが保管されている棚だ。

龍は、棚から以前より目をつけていた最高級品の日本酒を取り出した。

尾をクルリと巻きつけて酒瓶を持つと、誰かに見つかる前にダッシュで逃げ出した。

そうして最高級の日本酒を手土産にやって来たのは元一龍斎の屋敷。

いや、いつまでも元一龍斎の屋敷と呼ぶのは不快でしかない。

今や柚子の屋敷と言っても差しさわりはないのだ。妖狐の当主とて問題ないと柚子の名義になっているのだから。

それに、龍が用事があるのは屋敷ではなく、植物に囲まれてひっそりと隠されている社の方だ。

空から社の前に降りると、月の光に照らされた社が淡く光り、周囲の桜が一斉に咲き誇る。

龍が『あのお方』と敬意を示す神の力の影響を受けているのだ。

間もなく、社から美しい男性が現れた。

遠い遠い昔に眠りについてしまった神。

龍と同じくらい……いや、それ以上にサクを大事にしていたからこそ一龍斎の悪行が許せず、けれど大事だったゆえに一龍斎を滅ぼすことはしなかった。

それが正解だったのかはいまだ分からない。

きっと神自身も正しかったのか断言できないのではないだろうか。

けれどそのおかげで今の柚子がいると言っても過言ではない。

なにせ柚子は一龍斎の傍系の血筋なのだから。

『ずいぶんといいものを持ってきているようだ』

神は龍が持っている物にすぐに気がついた。

『むふふ。あなたのためにちょろまかしてきました』

龍はなんともご機嫌に酒瓶をゆらゆら揺らす。

『怒られても知らないぞ』

『なに、あなたへの供物だと言えば済む話です』

『お前が飲みたいだけだろうに』

神が苦笑して社の前の段差に腰を下ろすと、龍はその隣に移動した。

いつの間にか神の前には赤い盃がふたつあり、龍がそれぞれに注いでいく。

桜がひらひらと舞う中で、神は盃をあおる。

神が口にしたのを確認してから龍も尾で盃を持ち酒を飲んだ。

しかし、普段酒瓶ごと飲み干す龍には、ちまちまとした飲み方は少々物足りなそうだ。

だが、神の前ということもあって、普段よりは断然行儀がいい。

『あの子は今幸せにしているみたいだな』

『はい』

神の言う『あの子』が誰を指すのか龍はすぐに分かった。

『昔こそひどい扱いをされていたようですが、今はたくさん笑っておりますよ』

それを聞いた神はとても穏やかな顔をする。

『あの子はその生い立ちのせいで本来の強さを失ってしまっていたが、運命をともにできる相手と出会えたことで、強さと魂の輝きを取り戻しつつある。あの子が神子として成長するのはそう遠くないだろう。サクほどとはいかないだろうが』

『その運命をともにできる相手のおかげというのが、少々不服ではありますがな』

苦虫を噛みつぶしたような顔をする龍に、神はくくっと笑い、盃をぐいっとあおった。

『あの子が選んだ相手だ』

『そんな物分かりのいいようなことを言って、一番苦々しく感じているのはあなたの方でしょうに』

龍はじとーっとした眼差しを神に向ける。

『あの子が選んだなら文句はない。まあ、あやかしの本能が消えたごときであの子を捨てていたら、鬼龍院には相応の制裁はしていたが』

神の目の奥が剣呑に光る。

龍は『それみろ』と言わんばかりの顔で、空になった神の盃に酒を注いだ。

『なにやら今後もきな臭くなりそうだ。私を気にしてここへ様子見に来てくれるのはありがたいが、できるだけあの子のそばにいてやってくれ。二度と同じ過ちを繰り返さぬように、今度こそあの子を守れ』

『言われずとも』

龍が思い浮かべるのは、死にかけたサクの姿と、玲夜の隣で笑う柚子の姿だ。

過去は繰り返さない。

そう、龍は心の中で誓うのだった。

完

あとがき

こんにちは、クレハです。新婚編三巻をお手に取ってくださいましてありがとうございます。

前巻では中途半端な終わり方をしたので、続きが気になってくださった方は結構いたのではないでしょうか。

それほど時間を置かずこうしてお届けできて私も嬉しいです。

今回もまた新キャラを出すことができました。

前回から声だけの出演だったあの方もとうとう登場です。

しかし、人の感覚が分からないために、少々どころではなく迷惑かけまくりでしたね。玲夜がぶち切れるのもあともうすぐかもしれません。

今作では前々から構想していた、あやかしの本能について書かせていただきました。

あやかしの本能によって玲夜に選ばれた柚子。しかし、その本能がなくなってしまったら玲夜はどうするのか。

花嫁と感じなくなってしまったので必要としなくなるのか、はたまた……。

無事にお届けできることになり私としても嬉しいです。

今回もコミック三巻と同時発売となっていますので、ぜひコミックの方もご覧になってみてください。

今回の表紙では、小説、コミックともに朝顔が描かれているんです。

どちらも美麗な表紙でずっと見ていたくなります。

私自身が絵がドヘタなので、自分の作品がイラストや漫画となって描かれるのを見ると本当に嬉しくてなりません。

次ではどんな絵になるのかワクワクドキドキです。

皆様にも小説、イラスト、コミックとすべてで楽しんでいただけたら幸いです。

それでは、次巻でもお目にかかれるよう頑張っていきますので、応援よろしくお願いいたします。

クレハ

この物語はフィクションです。実在の人物、団体等とは一切関係がありません。

クレハ先生へのファンレターのあて先
〒104-0031　東京都中央区京橋1-3-1　八重洲口大栄ビル7F
スターツ出版（株）書籍編集部 気付
クレハ先生

鬼の花嫁　新婚編三
～消えたあやかしの本能～

2023年7月28日　初版第１刷発行

著　者　　クレハ　©Kureha 2023

発 行 人　菊地修一
デザイン　フォーマット　西村弘美
　　　　　カバー　北國ヤヨイ（ucai）
発 行 所　スターツ出版株式会社
　　　　　〒104-0031
　　　　　東京都中央区京橋1-3-1　八重洲口大栄ビル7F
　　　　　出版マーケティンググループ　TEL 03-6202-0386
　　　　　（ご注文等に関するお問い合わせ）
　　　　　URL　https://starts-pub.jp/
印 刷 所　大日本印刷株式会社

Printed in Japan

ISBN　978-4-8137-1461-3　C0193

スターツ出版文庫　好評発売中!!

『僕らに明日が来なくても、永遠の「好き」を全部きみに』　夏木《なつき》エル・著

高3の綾は、難病にかかっていて残り少ない命であることが発覚。綾は生きる目標を失いつつも、過去の出来事が原因で大好きだったバスケをやめ、いいかげんな毎日を過ごす幼なじみの光太のことが心配だった。自分のためではなく、光太の「明日」のために生きることに希望を見出した綾は…？　大切な人のために1秒でも捧げたい——。全力でお互いを想うふたりの気持ちに誰もが共感。感動の恋愛小説が待望の文庫化！

ISBN978-4-8137-1447-7／定価781円（本体710円+税10%）

『この涙に別れを告げて、きみと明日へ』　白川《しらかわ》真琴《まこと》・著

高二の凪は事故の後遺症により、記憶が毎日リセットされる。凪はそんな自分が嫌だったが、同級生と名乗る潮はなぜかいつもそばにいてくれた。しかし、潮は「思いださなくていい記憶もある」と凪が過去を思い出すことだけには否定的で……。どうやら凪のために、何かを隠しているらしい。それなら、嫌な過去なんて思いださなくていいと諦めていた凪。しかし、毎日記憶を失う自分に優しく寄り添ってくれる潮と過ごすうちに、彼のためにも本当の過去（じぶん）を思い出して、前へ進もうとするが——。

ISBN978-4-8137-1451-4／定価682円（本体620円+税10%）

『鬼の若様と偽り政略結婚 ～幸福な身代わり花嫁～』　編乃《あみの》 肌《はだ》・著

時は、大正。花街の下働きから華族の当主の女中となった天涯孤独の少女・小春。病弱なお嬢様の身代わりに、女嫌いで鬼の血を継ぐ高良のもとへ嫁ぐことに。破談前提の政略結婚、三か月だけ花嫁のフリをすればよかったはずが「永久にお前を離さない」と求婚されて…。溺愛される日々を送る中、ふたりは些細なことで衝突し、小春は家を出て初めて会う肉親の祖父を訪ね大阪へ。小春を迎えにきた高良と無事仲直りしたと思ったら…そこで新たな試練が立ちはだかり⁉ 祝言をあげたいふたりの偽り政略結婚の行方は——？

ISBN978-4-8137-1448-4／定価660円（本体600円+税10%）

『龍神と生贄巫女の最愛の契り』　野月《のづき》よひら・著

巫女の血を引く少女・律は母を亡くし、引き取られた妓楼で疎まれ虐げられていた。ある日、律は楼主の言いつけで、国の守り神である龍神への生贄に選ばれる。流行り病を鎮め、民を救うためならと死を覚悟し、湖に身を捧げる律。しかし、彼女の目の前に現れたのは美しい龍神・水羽だった。「ずっとあなたに会いたかった」と、生贄ではなく花嫁として水羽に大切に迎えられて…。優しく寄り添ってくれる水羽に最初は戸惑う律だったが、次第に心を開き、水羽の隣に自分の居場所を見つけていく。

ISBN978-4-8137-1450-7／定価693円（本体630円+税10%）

スターツ出版文庫　好評発売中!!

『100日間、あふれるほどの「好き」を教えてくれたきみへ』　永良《ながら》サチ・著

余命３カ月と宣告された高１の海月は、心細さを埋めるため、帰り道に偶然会ったクラスの人気者・悠真に「朝まで一緒にいて」と言ってしまう。海月はそのことを忘れようとするが、海月の心の痛みに気づいた悠真は毎日話しかけてくるように。「俺は海月と一緒にいたい」とストレートに気持ちを伝えてくれる悠真に心を動かされた海月は、一秒でも長く前向きに生きることを決意する——。ふたりのまっすぐな愛に涙が止まらない、感動の青春恋愛小説!!

ISBN978-4-8137-1434-7／定価759円（本体690円+税10%）

『後宮医妃伝三～狙われた転生皇后～』　涙鳴《るいな》・著

元看護師の白蘭は、転生して後宮の医妃となり、皇子たちの帝位争いに巻き込まれながらも、雪華国の皇帝・琥劉に溺愛され皇后となった。そんな中、皇帝不在の蛇鴻国統治のため、南国を訪れた琥劉一行。雪国の雪華国とは違った暑い気候に戸惑う白蘭だったが、民族衣装を纏い琥劉と旅行気分を楽しんでいた。しかし新皇帝即位は進まず、先帝の妻・蠍瓷皇后と白蘭は対立し…。一方、皇子候補に会いにいった琥劉が刺客に追われ、白蘭に最大の危機⁉　二人の絆が異国の後宮の悪しき病を癒す、転生後宮ファンタジー第３弾！

ISBN978-4-8137-1436-1／定価770円（本体700円+税10%）

『今宵、氷の龍は生贄乙女を愛す』　蛙田《かえるだ》アメコ・著

大正と昭和の間にあった、とある時代にふたりは出会った——。養子として義両親に虐げられ育った幸せを知らない少女・唐紅和泉。龍の血を引くことで孤独に暮らす滝ケ原虹月。ふたりは帝の計らいで引き合わされ、お互いの利害一致のため和泉はかりそめの許嫁として、虹月と暮らすことに。でも彼は龍の血にまつわる秘密を抱えていて…⁉　「虹月さまを怖いと思ったことなど一度もありません」「正式に俺の花嫁になってくれるか？」生贄乙女となった少女が幸せを掴むまでのあやかし和風シンデレラ物語。

ISBN978-4-8137-1437-8／定価704円（本体640円+税10%）

『交換ウソ日記アンソロジー～それぞれの１ページ～』

付き合って十ヶ月、ずっと交換日記を続けている希美と瀬戸山。しかし、ある日突然、瀬戸山からのノートに「しばらく会えない」と記されていて——。その理由を聞くことが出来ない希美。瀬戸山も理由を聞かない希美に対して、意地を張って本当のことを言えなくなってしまう。ギクシャクした関係を変えたいけれど、ふたりにはそれぞれ隠さなければいけないある秘密があって…。そして、ついに瀬戸山から「もう交換日記をやめよう」と告げられた希美は——。「交換ウソ日記」の世界線で描かれる嘘から始まる短編、他四編を収録。

ISBN978-4-8137-1449-1／定価726円（本体660円+税10%）

書店店頭にご希望の本がない場合は、書店にてご注文いただけます。